나에게로
온
———

어린 왕자

강현자
에세이

나에게로 온

어린 왕자

나는 오십이 넘어서야 새롭게 다시 태어났고,
새로운 삶을 살게 되었다.

바른북스

살아오면서 가장 힘든 시기, 가장 아팠던 시간들, 그래서 더욱 치열했던 삶의 한 토막을 이야기하고 싶다. 그때 딸아이는 사춘기를 겪고 있었고, 나는 갱년기를 겪고 있었다. 서로가 힘든 시기였다.

나는 누군가에게 또는 우주의 어떤 힘에게 SOS를 많이 보냈다. 그때 내게 손을 내밀어 준 것이 여행이었다. 어쩌면 내 삶의 도피처였는지도 모른다. 나는 쉼을 필요로 했고, 지친 몸과 마음을 치유하고 싶었다.

삶의 모든 문제는 내 안에서 찾아야 하기 때문에 내 안에 답이 있다는 것을 여행지에서 딸아이에게 편지를 쓰면서 깨달았다. 그것은 결국 사춘기였던 나에게 보내는 편지였다. 여행은 내 자신을 돌아보는 시간을 주었다. 아픈 상처로 돌아가 내 자신을 보고 오라고, 그리고 나를 쓰다듬어 주라고.

이 글을 쓰면서 나를 돌아보게 되었고, 딸아이를 이해하게 되었다. 10년에 걸쳐 쓴 이 글에는 마음이 치유되고 관계가 회복되어 가는 과정, 그리고 사랑으로 승화된 이야기가 고스란히 들어 있다.

만만치 않은 시간들을 치열하게 겪고, 그 시기를 아름다운 삶으로 승화시켰다. 내 인생의 전환점이자 출발점이었다. 빛나는 삶을 살아보라고 그런 시간들이 있었던 것이다. 나는 오십이 넘어서야 새롭게 다시 태어났고, 새로운 삶을 살게 되었다. 지금의 나를 있게 해준 그 시간들에게 감사한다.

그런 시간들을 선사해 준 딸아이에게 감사를 전한다.

3부. 꿈꾸기

4부. 행복하기

1부

시간이
필요해

갱년기와 사춘기가 싸우면
누가 이길까

✳

한 번은 꼭 와보고 싶었던 실크로드에 서 있어. 험준한 산맥과 사막을 가로질러 동양과 서양의 문물 교류가 처음 열리게 된 길, 그 사막의 한복판에서 너에게 편지를 쓴다. 사춘기를 질풍노도의 시기라고들 하지. 꿈도 미래도 희망도 잃어버린 세대들의 초상, 사춘기. 그런 시기를 겪고 있는 너를 지켜보는 것은 까마득한 사막 한가운데 서 있는 느낌이랄까. 어쩌면 나는 사막 한가운데서 삶의 질풍노도와 맞서보고 싶어서 이곳에 왔는지도 몰라. 사방은 뻥 뚫려 있는데도 어디로 가야 이 광활한 사막을 빠져나갈 수 있을지 막막한 것처럼 사춘기라는 너의 무기는 얼마나 나를 무기력하게 하는지. 나 또한 제2의 사춘기라 불리는 갱년기를 앓고 있어서 너에게 마음 쓰는 일들이 날카롭기만 하다. 그렇게 사춘기와 갱년기는 우리의 삶을 헝클어 놓았지. 하지만 나는 절망하지 않을 거란다. 이 실크로드에서 용기를 얻어보려고 해.

고대 중국과 서역 간에는 타클라마칸 사막과 파미르 고원과 같은 험난한 장애물이 가로막고 있어서 동양과 서양은 BC100년까지도 서로 간에 교류가 없었다고 해. 그럼에도 중국인들의 열망은 이 험난한 장애물을 넘어 중앙아시아를 횡단해서 서아시아, 지중해 연안 지방을 연결하는 무역로인 실크로드를 탄생시켰지. 그때부터 인류문명의 교류가 시작된 거야. 하지만 이 험난한 사막과 산맥을 넘는 과정에서 수많은 대상들이 죽어나갔지. 죽음을 불사하고 실크로드를 다니던 대상들은 자신들의 안전과 안녕을 빌기 위해 곳곳에 수많은 석굴사원을 세우고, 오아시스 도시를 건설했단다.

월아천. 관계를 잘해나가기 위한 필요불가결한 요소가 이해라고 해.

척박한 자연을 극복하고 사막의 꽃으로 피어 있는 오아시스 도시를 알아가면서 내가 겪고 있는 사막과 같은 삶을 생각해 봤지. 관계를 잘해나가기 위한 필요불가결한 요소가 이해라고 해. 어쩌면 나는 우리를 이해해 보려고 여기 이 길에 서성이고 있는 건지도 몰라. 최첨단 시대의 21세기는 전 세계가 바로 이웃에 있는 것처럼 가까워졌지. 하지만 마음을 소통하는 일은 반대로 더 멀어지고 어려워졌어. 정지된 우리의 관계도 고대 실크로드 길처럼 험난하게만 느껴진다. 하지만 동서양의 문물이 어떻게 교류하였는지를 알아가다 보면, 험난함을 이겨내고 소통을 이루어낸 고대인들에게서 어떤 지혜를 얻을 수도 있겠다 싶어.

화염산. 무엇인가에 끊임없이 질문하다 보면 답을 얻게 된다.

너의 사춘기는 사막의 태양보다 강렬하게 내 가슴에 와 박혔지. 나의 절망은 네가 하고 싶은 것이 없다는 거야. 하고 싶은 것도 없고, 꿈도 없고, 의욕도 없는 무기력한 너를 보면서 얼마나 가슴이 무너졌는지. 하고 싶은 것 그것이 꿈이고 살아갈 힘인데, 그런 꿈이 없다는 것은 경쟁의 삶을 살아갈 힘이 없다는 거야. 그런 너의 모습을 지켜보는 것이 참 힘들었어. 사막을 황금의 땅으로 일궈내기 위해 죽음을 불사하고 이루어낸 이 실크로드에 서 있자니 조금은 위로가 되는 것 같아.

돈황 막고굴. 서로를 위해 눈물을 흘리는 한
우리는 분명 밝은 미래를 만날 수 있다는 것을.

베제클리크 천불동을 거쳐 드디어 이번 여행의 핵심이라고 할
수 있는 불교 예술 보물창고인 돈황의 막고굴에 와 있단다. 죽음의
사막으로 알려진 거대한 타클라마칸 사막의 초입에 있는 돈황은
오아시스 도시로서 옛 영화의 흔적이 곳곳에 남아 있지. 그 대표적
인 결정체가 불교 예술을 꽃피운 막고굴이야. 14세기 이후까지 약
1000여 년 동안 수많은 승려들과 대상들이 드나들면서 하나둘씩
굴을 파기 시작했지. 그것이 석굴사원의 시초가 되었다고 해. 석굴

사원의 벽화들은 세계 각국의 탐험대에 의해 도굴되어 벽화가 뜯기어진 흔적들이 처참하게 남아 있었지. 인간들의 사리사욕에 의해 난도질당한 아름다운 벽화들을 보고 있자니 안타까움을 금할 수가 없었어.

수많은 대상들의 발자취가 고스란히 남아 있는 이 길에서 문명을 꿈꿨던 고대인들은 비단처럼 아름다운 길을 만들어냈지. 그들은 해냈고, 꽃피웠고 이루어냈어. 그들의 고단했던 삶이 나를 다독여 주었지. 그래도 삶은 살아볼 만하다고, 희망은 내 자신이 낸 길을 가야 하는 거라고. 그러니 용기를 내라고. 나도 뭔가 꿈틀거려졌지. 용기를 내어 한마음 더 내디뎌 보려고. 오아시스 같은 희망이 어딘가에서 기다리고 있는 것만 같아.

무엇인가에 끊임없이 질문하다 보면 답을 얻게 된다는 것을 나는 믿어왔어. 우리를 위한 방법이 뭘까. 고여 있는 물처럼 정지되어 버린 우리의 관계를 어찌하면 움직일 수 있을까. 어떻게 해야 할까. 어떻게? 나는 어딘가에 묻고 또 물어보았지. 지금은 아무것도 보이지 않지만 방법은 분명히 있을 거라고 믿어. 나는 우주의 어떤 힘에게 계속해서 구원의 메시지를 보내고 있단다.

미지의 세계를 향해 죽음을 불사하고 새로운 문명을 탄생시켰던 위대한 길. 수많은 여행자들의 로망이 된 이 실크로드에서 기도한다. 지금은 비록 앞이 보이지 않는 어두운 길에 있다 하더라도 언젠가는 밝고 환한 길을 만나기를. 내가 너를 위해 눈물을 흘리는 한 네가 잘못될 리가 없다는 것을. 우리가 이렇게 세상의 한복판에서 서로를 위해 눈물을 흘리는 한 우리는 분명 밝은 미래를 만날 수 있다는 것을.

잠시
멈춰 있을 뿐이야

✳

오늘은 히말라야 연봉 중의 하나인 안나푸르나에 왔다. 요즘 어
그러진 우리의 관계로 인해 마음이 항상 무겁다. 우리를 위하는 길
이 분명 있을 텐데 나는 이렇게 막막하기만 하구나. 그저 고난도
의 어떤 육체적 고통 속에 나를 던져보고 싶어. 어쩌면 육체적 고
통 속으로 내 마음이 숨고 싶은지도 몰라. 그래서 찾아온 히말라
야 트레킹.

산 정상에 가면 고래가 있다고 해. 어떤 이는 고래는 없다고도
하고, 어떤 이는 고래를 잡았다고도 하지. 사람들은 저마다 더 큰

고래를 잡겠다며 산에 오른다. 이번 트레킹의 목적지는 마르디히말 캠프 해발 4,500m까지 가보려고 해. 안나푸르나가 파노라마처럼 펼쳐진다는 환상의 뷰포인트란다. 나는 어떤 고래를 잡고 싶어서 여기까지 왔을까. 그곳에 내가 찾는 고래가 있을까.

마르디히말 가는 길. 정상에 오르기 위해서도, 무엇을 보기 위해서도 아닌,
사람을 깨닫기 위해 오른다는 것을.

하루 7시간씩 산길을 걸었어. 산 하나를 넘으면 앞에 또 하나 큰 산이 버티고 있고, 다시 그 산을 꾸역꾸역 넘으면 다시 산이 나타나고, 나타나고… 고지가 어딘지도 잊고 정상을 따라잡으려고 안간힘을 쓰면 쓸수록 산은 잡히지 않는 무지개처럼 나를 유혹하더라. 산의 정상은 내가 간절히 찾고 있는 어떤 해답처럼 잡힐 듯 잡히지 않았지. 그만큼 절실하게 나는 우리의 미래에 대한 어떤 해답 같은 것을 간절히 찾고 있단다. 사람은 고난 속에서 이유를 찾게 되나 봐. 까닭을 찾아가다 보면 어떤 식으로든 답이 나타나겠지.

우리는 서로를 알기 위해서 대화가 필요하다. 하지만 우리의 대화는 언젠가부터 차단되었지. 너에게 다가가기 위해 나는 어떻게 해야 할까. 닫힌 네 마음을 움직일 수 있는 게 무얼까. 히말라야처럼 높게 느껴지는 우리의 거리를 나는 과연 극복할 수 있을까. 어쩌면 아주 쉬운 방법이 있는데, 내 주위에 가까이 있는데, 알아차리지 못하는 것인지도 몰라. 욕심을 가지고 찾으려 하기 때문에 그 방법을 알지 못하는 것은 아닐까. 욕심을 가지고 보면 아무것도 보이지 않으니까. 욕심은 우리 눈을 어둡게 만들기 때문이야. 나의 욕심은 너에 대한 높은 기대치인 것 같아. 그 기대치가 다른 아이들과 자꾸 비교하게 되고, 그래서 너를 힘들게 하는지도 모르겠다.

그냥 있는 그대로의 너를 인정하고, 너의 눈높이에서 너를 바라봐
야겠다는 생각이 드는구나.

안나푸르나 마차푸차레. 기다린다는 것은 구름이 걷히는 동안이며,
네가 마음을 열기까지의 시간이며, 어떤 것을 진득하게 지켜보는 시간이라고.

멀리 안나푸르나, 마차푸차레 등 만년설 봉우리가 구름으로 둘
러싸여 하늘에 떠 있는 것처럼 보였어. 마차푸차레는 네팔인들이
신성시하는 산이라 하여 입산이 금지되어 있단다. 신성한 산이라서
인지 또렷한 모습을 쉽게 보여주지 않았지. 구름 속에서 아주 천천
히 자신의 모습을 드러냈다가 이내 감추었다가를 반복하고 있었지.
마치 공중에 떠 있는 얼음 궁전처럼 신비로웠어. 만년설은 구름 속

에서 모습을 드러내는데 하루가 걸리기도 하고 며칠이 걸리기도 한 단다. 그 모습을 보기 위해 자연의 순리를 기다려야 했어. 인생은 절대 서두르지 말라고, 이렇게 천천히 기다리는 것이라고 일러주듯 이. 기다린다는 것은 구름이 걷히는 동안이며, 만년설이 모습을 드 러내는 동안이며, 네가 마음을 열기까지의 시간이며, 그렇게 어떤 것을 진득하게 지켜보는 시간이라고 만년설이 일러주었지.

차분히 마음을 가라앉히는 동안 깨달음이 왔어. 네가 또래들과 보조를 맞추지 않는다고 시대에 뒤떨어진다거나 잘못하는 것은 아 니라는 것을. 조금 느리게 가는 것뿐이지. 같은 속도로 성숙해야 한다는 법칙은 없으니까. 그래, 기다리자. 너에 대한 걱정이나 조바 심을 내지 말고 다만 기다리자. 넌 잠시 멈춰 있을 뿐이야. 단지 그 시기에 치러야 할 통과의례를 겪고 있을 뿐이라고. 그 시기가 지나 갈 때까지 지금 우리에겐 시간이 필요하다는 것을. 기다린다는 것 은 꽃이 열매가 될 때까지의 시간이며, 조개가 진주가 될 때까지의 시간이니. 진득한 사랑으로 믿고 기다리자.

드디어 구름이 서서히 걷히기 시작했지. 눈앞에 만년설이 펼쳐 질 때마다 내가 걸어온 것 같지가 않았어. 평생 잊지 못할 숨 막히 는 절경은 그 어떤 고난도 잊게 해주지. 만년설이 구름 속에서 모습을 천천히 드러내는 것을 지켜보고 있노라니, 내가 너를 어찌해 보겠다는 오기 같은 것들과 내 안의 어리석은 것들이 하나씩 하나씩 모습을 드러내며 나를 부끄럽게 하더라. 거대하고 웅장한 안나푸르나 만년설 앞에서 나는 정말로 미물만도 못한 인간으로 비쳤지. 엄마라는 이유로 모든 걸 품을 수 있다는 오기를 내가 가지고 있었구나. 나는 아직도 이렇게 어리석구나. 내가 이 산에 온 것이 아니라, 어리석은 나를 일깨워 주려고 안나푸르나가 나를 불렀구나.

히말라야 사람들의 염원이 담겨 있는 오색의 타르초가 펄럭이며 내게 와 닿았지. 힘겹게 걸어온 산들이 발아래 있더라. 그 길이 있었기에 내가 지금 여기 서 있는 것이라고. 내가 살아온 하찮은 일이라도 가볍게 여기지 말라는 산의 가르침이야. 4,000m 고지부터는 호흡이 가빠지면서 다리가 말을 듣지 않았어. 내 걸음이 산을 오르는 것인지, 산이 내 발아래로 내려가는 것인지 감이 오지 않았어. 싸워야 할 대상은 이 안나푸르나가 아니라 내 자신임을 깨달았지. 내 자신과의 싸움이라는 것을. 안나푸르나는 한 걸음 한 걸음이 앞으로 나아가는 것이며 그것이 희망이라는 사실을 일깨워 주었어.

5일 동안, 낮에는 온종일 걷고 밤엔 영하 10도의 춥고 눅눅한 롯지에서 잠을 잤어. 오리털 점퍼를 입은 채로 침낭에 들어가면 꼼짝하고 싶지가 않더라. 전기도 없고, 물이 귀해서 생수로 하루 한 번 양치를 했어. 머리, 목, 손발이 차면 고산증을 겪을 수 있다고 해서 세수는 한 번도 못 하고 티슈로 얼굴만 닦았지. 결국 일행이 고산증이 와서 해발 4,100m에서 고지를 바로 앞에 두고 아쉽게 돌아서야만 했지. "두려움을 남겨두어야 사람이 된다."는 말이 있는데, 안나푸르나가 여기까지만 허락한 이유야. 안나푸르나가 말 없이 일러주더라. 정상에 오르기 위해서도, 무엇을 보기 위해서도 아닌, 사람을 깨닫기 위해 오른다는 것을.

내 인생의
사춘기에게

✳

젊은 시절 나는 어둡고 우울한 시절을 보냈지. 행복이 뭔지 모르고 살던 시절이었어. 내가 그렇게 사는 것이 매정한 내 아버지 탓이라고 생각했어. 어떻게 살아야 할지 방향도 꿈도 없는 삶이 아버지가 이끌어 주지 않았기 때문이라고. 내가 결혼을 하고 마흔이 넘어서야 아버지를 조금 이해했어. 아버지가 내 인생을 살아줄 수 없었다는 것을. 내 자신이 세상을 게으르고 미련스럽게 산 것을 아버지 탓으로만 여겼다는 것을. 그리고 오십이 넘어서 인생을 조금 더 알았을 때, 아버지가 정이 많고 따뜻한 분이었다는 걸 알았단다. 아버지가 나를 사랑했다는 것을 뒤늦게 깨달았지. 그걸 깨달기까지 참 오래 걸렸어.

오늘은 내 어린 시절의 고향 같은 네팔에서 이 글을 쓴다. 네팔의 첫인상은 제자리에만 있던 내 모습을 닮아 있더라. 순수하고 착하기만 했던 내 어린 시절에 머물러 있는 것 같았어. 고향에 온 것 같았지.

카트만두에서 동쪽으로 12km 떨어져 있는 옛 도시인 박타푸르로 갔어. 구시가지 전체가 유네스코 세계문화유산으로 등재되어 있단다. 검붉은 벽돌 건물과 목조 건물들이 늘어서 있는 오래된 골목이 미로처럼 펼쳐져 있었어. 골목에 나와 쌍쌍이 모여 뜨개질을 하는 여인들의 모습이며, 곡식을 터는 아낙의 모습, 우물에 모여 물을 길어 올리는 모습 등이 내 고향의 70년대 모습을 연상케 했지. 골목의 어디쯤에서 어린 날의 내 모습이 툭 튀어나올 것만 같았어.

라왕마을. 가장 귀한 것은 자기를 돌아볼 줄 아는 것이란다.

박타푸르 골목. 괜찮아, 괜찮아. 아픈 나의 사춘기도 안아주었어.

박타푸르 우물. 어디서부터 어떻게 해야 할지 난감하지만
분명 방법이 있을 거라고 믿어.

내 고향은 산으로 둘러싸인 아주 조그만 산골 마을이었다. 나는 그곳에서 아주 특별하고 행복한 어린 시절을 보냈지. 그때는 넓은 세상이 있다는 것조차도 모르고 자랐어. 내게는 그곳이 세상의 전부요, 나의 우주였단다. 모두가 가난한 시절이었지만, 나는 가난이 뭔지 모르고 자랐어. 모든 것이 부족했지만, 부족한 줄을 몰랐어. 모든 놀이와 삶이 자연 속에서 자연과 더불어 이루어졌지. 그곳이 세상의 전부였기 때문에 비교할 줄도 모르고 마냥 행복했단다.

산을 품고 사는 사람들의 심성은 때 묻지 않아 순박한 것 같아. 거대한 히말라야를 품고 살아가는 이곳 네팔인들도 착하고 순수

하기만 하다. 이들에게서 나의 어린 시절의 심성을 엿볼 수 있었지. 행복했던 어린 시절과는 달리 나의 사춘기는 암울했어. 넓은 세상을 모르고 우물 안 개구리로 살다가, 도회지라는 넓은 세상으로 유학을 나왔을 때, 나는 세상에 적응하지 못했단다. 그리고 사춘기를 맞았지. 세상과 동떨어진 낙후된 아이는 세상으로부터 왕따가 되어 있었지. 꿈도 있고 욕망도 있었지만 나를 인정해 주는 곳은 아무 데도 없었어. 나를 표출할 곳이 어디에도 없었지. 나의 사춘기는 무지와 무기력 뭐 그런 것들로 방황하기 시작했어. 그래서 늘 행복했던 어린 시절을 그리워했고, 고향으로 돌아가는 꿈을 꾸곤 했단다.

카트만두의 더르바르 광장에는 저녁때가 되면 시장이 열렸는데, 네팔인들의 삶이 광장에 쏟아져 펼쳐졌지. 텅 비어 있던 광장 바닥은 수십 가지의 야채와 관광 상품들, 그리고 수많은 사람들로 가득 메워졌어. 시장은 역동적이고 활기가 넘쳤어. 코가 누렇게 말라 있는 네팔의 아이가 캔디를 달라고 손을 내밀어 오기도 했어.

낙후된 네팔의 모습을 보면서, 가난한 80년대와 함께 보낸 나의 사춘기를 떠올렸지. 나는 우물 안 개구리가 되어 미래에 대한 막연함으로 늘 방황해야 했어. 가난은 늘 나의 꿈을 가로막았지. 가난을 극복할 만한 자존감이 없었어. 나는 사춘기를 잘 보내지 못했단다. 그 시절을 추억하고 싶지 않을 만큼 어리석게 살았어. 세상을 조금 더 알았더라면, 웅크리지 말고 조금 더 노력했더라면, 두고두고 그런 후회를 하곤 했단다. "사춘기를 잘못 보낸 사람은 50세에 세상을 보게 되고, 사춘기를 잘 보낸 사람은 30세에 세상을 깨우치고, 사춘기를 보내지 못한 사람은 평생을 후회한다."는 말이 있지. 사춘기를 잘못 보낸 나는 50세가 넘어서야 세상을 보게 되었어. 그래서 너는 나처럼 어리석은 후회를 하지 않았으면 하는 바람이 잔소리를 불러일으켰는지도 몰라. 사춘기를 잘못 보낸 후회 때문에 너에게 내 모습을 투사하면서 조급하게 너를 닦달한 거 같아. 너를 채근하면서 세상과 맞서 싸우라고 강요했던 거야. 하지만 그것이 오히려 너에게 해가 되어 나를 피하게 된 결과를 낳았으니. 그동안 너에게 문제가 있다고 야단했는데, 결국 나의 문제였던 거야. 불행했던 나의 사춘기에 대한 원망을 너에게 해대고 있었던 거지.

시련을 넘어온 도시와 삶이 휴식처럼 머무르고 있는 박타푸르에서 나도 뭔가 위로가 된듯하다. 중세의 찬란했던 그 시대에 머물러 있지만 결코 머물러만 있지 않은 나라. 과거를 지켜내고 있는 힘, 그것이 네팔인들의 자존심이리라. 화려했던 중세의 역사가 있었기에 비록 가난하지만 자랑스럽게 살아가는 까닭이리라. 거대한 히말라야를 품고 사는 문화, 너그럽고 착한 심성으로 살아가는 이들에게서 나도 용기를 얻었지.

가장 귀한 것은 자기를 돌아볼 줄 아는 것이란다. 어디서부터 어떻게 해야 할지 난감하지만 분명 방법이 있을 거라고 믿어. 나는 이제 절망하지 않을 거야. 괜찮아. 괜찮아. 양팔로 내 몸을 감싸 안았지. 아픈 나의 사춘기도 안아주었어. 상처 많은 나를 돌아보며 나를 위로했지. 멀리서 너의 영혼이 다가오고 있는 것이 느껴져.

마음이 도착할 때까지
기다리기

✳

주먹만 한 별들이 폭설처럼 쏟아져 내려온다고 하는 인도의 서북부에 있는 타르사막으로 간다. 생각만 해도 환상적이지 않니? 그 별을 보려고 델리에서 인도 서북부에 있는 자이살메르까지 침대 열차를 타기로 했어. 꿈꾸던 야간열차를 타게 되다니. 하지만 설렘은 잠시뿐. 열차는 비좁고 더러운 데다 화장실과 세면대는 끔찍할 만큼 열악했어. 열일곱 시간 동안 그런 환경과 함께해야 했지. 인도는 야간열차의 천국이란다. 워낙 넓은 나라이다 보니 장거리 이동수단에서 야간열차가 차지하는 비중이 절대적이지. 여행자들의 발이나 다름없어. 하지만 기차가 결코 빠르다고 할 수 없는 이유가 있어. 인도의 철도는 연착이 비일비재하기 때문이야. 하루 연착하는 건 기본이고, 간이역도 아닌 곳에서 1~2시간 정차하는 것은 흔한 일이란다.

인도에서 진정한 여행을 하려면 기다리는 일에 익숙해져야 해. 언젠가 올 거니까. 보채거나 화를 낸다고 해서 빨리 오는 것도 아니고 내 기분만 나빠진다는 걸 인도인들은 이미 터득하고 있더라. 언젠가 올 거니까. 노 프러블럼. 이들은 '인생은 결국 죽음을 향해 가기 때문에 서둘러 갈 필요가 없다.'는 마인드를 가지고 있지. 시간을 지배하는 인도인들의 미스테리함이 신비로울 따름이야. 이들을 지켜보는 동안 이들처럼 느긋하게 기다리는 마음의 여유를 닮고 싶어지더라.

사람들은 쫓기듯 바쁘게 사는 것이 마치 자랑인 양 여기지. 잘 살아가는 기준이라도 된 듯이 말야. 그러다 보니 나도, 너를 느긋하게 내버려 두면 다른 아이들에게 뒤처질까 봐 조급해하며 다그치는 그런 한국의 부모들 중 한 사람이었던 거야. 그 결과 우리는 소통이 어긋나기 시작했고, 우리의 관계도 멀어졌지. 하지만 세상을 향해 우리가 이렇게 방황하는 한, 이 길의 어디쯤에서 희망의 메시지를 만날 수 있기를 나는 기대해.

17시간 끝에 드디어 타르사막에 도착했어. 여행객들은 군데군데 앉아서 사막 끝으로 지는 해를 감상하면서 깜깜한 어둠이 내리기를 기다렸지. 주먹만 한 별이 쏟아져 내리기를 기대하면서. 나도 인도인처럼 느긋하고 여유로운 시간을 즐기기 시작했지. 그동안 뭔가 바쁘게 살지 않으면 세상에 뒤처진다는 압박감으로 몸과 마음을 혹사했지. 진정한 내가 어디쯤에 있는지 돌아볼 시간의 여유도 없이 사느라고 내 마음을 멀찍이 떼어놓고 달려온 것은 아닌지. 어떻게 사는 삶이 어떤 선택이 내가 진정 행복한가. 나에게 물어보았지. 내가 찾아 헤매던 뭔가가 이곳 어딘가에 있을까. 그것은 특별한 곳에 있는 것이 아니라 어디에든 있는데 내가 미처 알아차리지 못했는지도 몰라. 시간에 쫓기어 주변을 살펴볼 겨를도 없이 달려오기만 하느라고 놓쳐버렸는지도 몰라.

이제 이곳 사막에서 한가로움과 지금이란 시간과 함께 있자니, 미처 따라오지 못했던 내 마음이 곁에 있는 것 같아. 여유 있는 시간을 잘 활용하고 즐기는 것이 얼마나 큰 행복감을 주는지를 깨닫는 시간이었어. 여유로운 시간을 보내고 있자니, 네가 내 곁에 있는 것만으로도 감사하게 느껴졌지. 생각해 보면 너를 이해하려 한다거나 너를 알려고 하지 않았던 거 같아. 아기들은 엄마가 필요할 때 울음으로 엄마를 불러서 욕구를 해소하듯이, 사랑과 관심을 받고 싶어서 일부러 문제를 일으키기도 하지. 너의 방황은 어쩌면 엄마를 필요로 하는 간절한 울음일지도 모른다는 생각이 드는구나. 엄마의 진정한 사랑을 애타게 갈구했던 거야. 나는 너의 애타는 부름을 제대로 알아듣지 못하고 너의 간절한 울부짖음을 꾸짖기만 했던 거야.

자이살메르 타르사막. 용서하는 것이 자신을 사랑하는 일이라는 걸 깨닫게 되었다고.

사막의 밤은 무척 추웠지. 밤하늘은 구름에 가려져 더욱 깜깜했어. 기다려도 별은 나타나지 않았어. 어디선가 모닥불을 피웠고, 별 보기를 포기한 사람들이 모닥불 가로 모여들었지. 모닥불 가에서 맥주를 마시면서 저마다의 이야기를 풀어놓았어. 암 선고를 받고 마지막 여행을 온 사람도 있었고, 자폐증을 앓고 있는 아들을 데리고 온 엄마도 있었고, 남편을 저 세상으로 보내고 온 여자도 있었어. 모두가 슬픈 사연 한 가지씩 가지고 있더라. 내 아픔은 그들의 고통에 비할 바가 아니더라. 나는 그동안 너를 위해 살았다고 말할 자격이나 될까. 나 자신을 희생해 가면서 너를 사랑했을까. 너를 위한다는 명분의 사랑이라는 이름으로 내 욕심을 채우려 했던 것은 아닐까. 내 사랑이 얼마나 이기적이었는지, 깜깜한 사막 속에서 내 부끄러움이 꿈틀거렸지.

어두운 사막이 베풀어 준 분위기 속에서 사람들은 여행을 통해서 얻은 것들을 풀어놓았어. 그동안 자신들의 아픔이 누군가의 탓이라도 되는 양 어딘가를 향해 원망했노라고. 여행을 하면서, 용서하는 것이 자신을 사랑하는 일이라는 걸 깨닫게 되었다고. 사람들은 서로에게 위로를 하기도 하고 용기를 얻기도 하더라. 비록 별은 볼 수 없었지만, 주먹만 한 별보다도 더 아름다운 별들이 반짝이며 서로서로를 빛내고 있었지. 가슴이 따뜻하게 저려왔어. 자꾸만 뜨거운 눈물이 흘러내렸지. 까만 사막 하늘을 올려다보았어. 이제 막 빛을 충전한 내 별이 길을 찾아 방황하고 있는 너에게 희망의 빛을 보내고 있었지. "중요한 것은 눈에는 보이지 않아. 오직 마음으로 보아야 보이거든." 어디선가 '어린 왕자'의 말이 울려왔어.

2부

들여다보기

아,
내가 그랬구나

네가 나를 피하기 시작하고 말이 없어지면서 우리의 소통은 멀어졌지. 어그러진 우리의 관계를 어떻게 풀어갈까. 나는 여러 가지 방법을 찾으려 노력했어. 너에게 가까이 가고 싶었지만, 너는 쉽게 마음을 열지 않았지. 우리는 서로를 이해하지 못하고, 서로 다른 세계에서 방황하고 있었지. 나는 가슴이 답답했어. 내가 찾는 어떤 답을 찾을 수가 없었거든. 마음이 닫혀 있는 느낌이랄까. 그때 떠오른 곳이 인도라는 나라였어. 인도에 가면 나를 구원해 줄 어떤 해답 같은 것을 찾을 수 있지 않을까. 인도인들의 느림의 미학과 신비주의에 대한 호기심이 나를 인도로 이끌었어. 나를 알고 너를 이해하는 데 도움을 얻고 싶었다고나 할까. 그렇게 인도 여행은 시작되었지.

겐지스강. 지금 너는 너의 길을 걸어가고 있을 뿐인데,
걸음이 느리다고 너를 채찍하고 있는 건 아닌지.

아. 내가 그랬구나

인도에서 가장 오래된 도시이며 신비의 도시로 알려져 있는 바라나시에 와 있다. 무질서의 삶처럼 보이는 혼돈의 도시. 갠지스강으로 가는 길은 정말 경악스러웠어. 수많은 사람들과 릭샤, 자동차 등이 중앙선을 무시한 채 거리를 아슬아슬하게 누비고 다니더라. 신호등이 없는 거리에서, 저마다 경적소리로 신호를 보내기 때문에 도로는 끔찍할 만큼 시끄러웠어. 그야말로 북새통, 아수라장이 따로 없었지. 이들에겐 안전거리라는 것은 아예 존재하지 않는 것 같았어. 그럼에도 접촉사고를 발견할 수 없는 것은, 이들은 이들만의 노하우로 리듬을 타면서 도로를 자유자재로 흘러다니더라. 정말 신기한 것은 그 속에 이들만의 무언의 질서가 존재하는 듯했어. 이들의 혼돈의 질서에 적응해 가면서 문득, 우리의 관계도 질서를 찾아가려는 노력이 필요하다는 생각에 이르렀지.

나는 너를 안다고 생각했어. 하지만 어느 날 사춘기라는 감투를 쓰고 전혀 엉뚱한 아이가 되어 내 앞에 나타났지. 너를 이해한다는 것이 불가능한 것처럼 보였어. 게다가, 요즘 대한민국은 세대 차이라는 문화적 진통을 겪고 있지. 젊은 세대와 기성세대 간의 문화적 사고의 괴리감이 너무 커서 서로의 세대를 이해하지 못하고 소통이 단절되는 경우가 많아. 너와 나의 충돌도 세대 간의 어긋난

편견 때문이기도 해. 너를 알기 위해서는 너의 세대도 함께 이해해
야 한다는 걸, 인도의 혼돈 속의 질서를 보면서 깨달아 본다.

신기하다 못해 신비로운 도로 끝에 갠지스강이 있었어. 인도인
들을 가장 크게 지배하는 종교가 힌두교인데, 힌두교인들에게 갠
지스강은 시바신이요, 영적인 힘이요, 성스러운 물이란다. 매일 밤
힌두교인들은 갠지스강으로 모여든다. 이들의 제사인 뿌자를 드리
기 위해서야. 갠지스강의 밤은 경악을 금치 못할 정도로 혼돈 그
자체란다. 수많은 힌두교도들과 수많은 거지들과 1달러를 외치는
앵벌이 아이들과 장사꾼들과 신비한 의식을 구경하러 온 세계 각
국의 여행객들과, 그리고 숨을 쉴 수 없을 정도의 매연과 화장실이
따로 없는 바라나시는 지구가 아닌 다른 세계를 보는 것처럼 혼란
스러웠어. 게다가, 강물 위에 시체를 태워버리고 그 물에서 목욕하
고 빨래하고 그 물을 마시는 사람들도 있단다. 그러나 이들은 그
런 혼란을 아랑곳하지 않고 고요히 뿌자 의식을 거행했지. 당당하
고 엄숙하게 거행되는 뿌자 의식은 진흙 속에 피는 연꽃처럼 성스
럽게 느껴지기까지 했어. 바라나시에서 이들의 무질서 속을 가만
히 들여다보고 있노라면 알 수 없는 신비스러움이 나를 궁금하게
하더라. 뭔가 있을 것 같은 유혹이 혼란스러운 내 안의 나를 깨우
더라.

바라나시 뿌자 모습. 혼돈 속에는 반드시 새로운 질서가 꿈틀거리지.

문득, 내가 사춘기였을 적에 내 자신이 너무 힘들어서 부모 심
정은 안중에도 없었던 기억이 떠올랐어. 사춘기를 겪어내야 하는
네가 더 힘들다는 것을 왜 몰랐을까. 너의 사춘기를 이해하려 하
기보다는 오롯이 내 상처로 받아들였어. 상처는 내가 스스로 받는
것이지 상대가 준 것이 아니라는 말이 이제야 내게 와닿는구나. 네
가 상처를 준 것이 아니라, 내 자신에게 상처를 받은 것이었어. 그
래서 다시 각성해 보려고 해. 사랑이라고 쏟았던 사랑의 방식에 대
해서, 그리고 소통하는 방법에 대해서. 어른들이 정해놓은 자식에
대한 기대치와 어른들이 정해놓은 편견의 잣대에 대해 다시 생각

해 보려고. 내가 살아봐서 안다는 이유로 네가 아직 살아보지 않은 미래를 일방적으로 강요해 온 것은 아닐까.

어쩌면 닫혀 있는 내 마음이 너의 진정한 모습을 볼 수 없어서일지도 모르겠다. 지금 너는 너의 길을 걸어가고 있을 뿐인데, 걸음이 느리다고 너를 채찍하고 있는 건 아닌지. 우리가 서로를 받아들일 마음이 생겨나게 하기 위해서는 아직 시간이 필요한 것 같아. 너와 가까워지고 소통하기 위해서 나를 먼저 알아가야겠다는 생각이 드는구나.

겐지스강. 상처는 내가 스스로 받는 것이지 상대가 준 것이 아니다.

혹자들은 거의 바라나시에서 경악했지. 더럽고 지저분하고 냄새나는 인도에 다시 오지 않겠노라고. 하지만 내겐 바라나시가 매력적으로 다가왔어. 꿈속 어딘가에 들어와 있는 듯한 묘한 매력이 나를 끌었어. 인도를 이해하려면 카스트제도를 알아야 해. 카스트는 신분제도를 말하는데, 한번 그 카스트로 태어나면 평생 그 카스트로 살아야 한단다. 빨래하는 카스트로 태어나면 평생 빨래만 하고 살다가 죽는단다. 살아서는 그 카스트를 벗어날 수 없다고 해. 이들은 이생에서 죄를 씻으면 죽어서 다시 태어날 때는 더 나은 카스트로 태어난다고 믿는단다. 그래서 매일 밤마다 이곳 갠지스강에 와서 뿌자를 드리며 죄를 씻는 거란다. 갠지스강에 시체를 태우고 목욕 등을 하는 행위는 다음 생에 더 나은 신분으로 태어나기 위한 이들의 기도 의식이란다.

나도 강가로 내려가 갠지스강물에 손을 씻었지. 내 모습이 어떤지는 보려 하지 않고 네가 변하기만을 강요한 일, 내 스스로 만든 괴로운 감정들과 내 자신에게 받은 상처들을 슬그머니 강물에 씻어 내렸어. 강물에 비치는 불빛 속으로 네 탓만 하고 있는 내가 하나씩 보이더라. 아, 내가 그랬구나. 내 깊은 내면에서 나를 괴롭히던 내 안의 상처와 고통의 모습을 만나고 나니 평화로움이 내 영혼에 와닿는 것 같았지.

무질서한 이들의 모습이 어쩌면 내 모습의 투사가 아닐까. 어리석은 나를 깨우쳐 주려고 나를 인도로 이끌었구나. 지저분하고 더러운 것들이 오히려 말없이 내 마음을 청소해 주었지. 이들은 내게 한마디도 하지 않았는데 알 수 없는 것들이 내 영혼을 울리더라. 무질서 속에 이들만의 질서가 존재하는 인도처럼 혼돈 속에는 반드시 새로운 질서가 꿈틀거리지. 우리의 시련도 새로운 질서를 찾아가는 과정이리라. 나는 갠지스강에 내가 품고 있던 어떤 무거운 마음을 풀어 내렸지.

너라는 거울 속에 비친
나의 사춘기

✳

　오래전부터 나는 심리학에 관심이 많았지. 내가 어떤 심리를 가지고 있는지 알고 싶었어. 나에게 어긋난 부분이 있다면 심리분석을 통해서 마음을 닦아내고 싶었지. 그래서 나름 심리학 공부를 하기도 했어. 그 영향으로 한때는 사람들의 마음을 해결해 주는 마음 해결사가 되고 싶은 꿈도 꾸었단다. 하지만 살다 보니 내 마음 하나도 다스리기가 쉽지 않더라. 그때 내 인생이 나에게 '너나 잘하세요~.' 하는 바람에 그 꿈을 접었단다. 너와 갈등을 겪으면서 다시 마음수련에 관심을 가지기 시작했지. 우리의 관계를 잘 풀어가기 위해서는 나 자신을 제대로 알아야 했어.

여행을 하면서 아름다운 것들과의 소통이 나를 사색하게 하고 나를 알게 하는 시간을 주고 있어. 오늘은 바르셀로나에 있는 사그라다 파밀리아 성당에서 이 글을 쓴다.

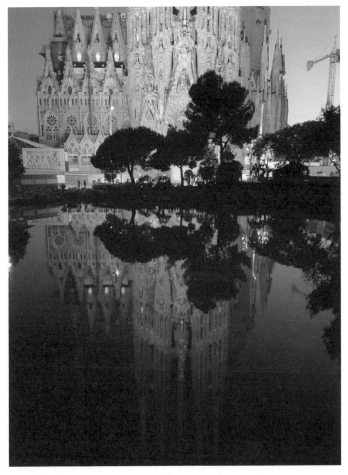

사그라다 파밀리아 성당. 자신과의 소통이 잘되어야 다른 사람과 소통이 잘된다.

가우디 최고의 걸작이라 불리는 사그라다 파밀리아 성당은 그 황홀함에 넋을 잃게 했단다. 이 성당은 가우디가 설계하여 1882년부터 시작해서 그가 세상을 떠난 지금도 계속 공사 중이며 2026년에 완공될 예정이라고 해. 12개의 첨탑 중 현재는 8개의 첨탑이 완성된 상태란다. 아직은 미완의 작품인데도 불구하고 완벽할 만큼 아름답고 웅장했어. 이 성당이 완공된 모습은 얼마나 더 환상적일까.

　아름다운 건축물에 감동하다 보면 나를 알게 하는 순간과 만나게 되더라. 자신과의 소통이 잘되어야 다른 사람과 소통이 잘된다고 해. 내가 나를 잘 모르는데 나 자신과 어찌 소통할 수 있었겠어. 어떻게 너와 대화가 통할 수 있었겠어. 나 자신도 잘 모르면서 내 잣대로 너를 판단하고 너를 다 안다고 생각했던 거야. 나를 돌아보는 건 아픔이야. 하지만 그 아픔이 나를 알게 하고 그것이 나의 구원이 되고 있어.

　성당의 내부로 들어서는 순간, 감탄을 자아낼 수밖에 없었어. 어마어마한 공간을 메우고 서 있는 기둥들은 커다란 나무를, 천장은 그 나뭇가지들로 덮여 있는 숲을 형상화하고 있었어. 웅장하고 영험한 숲속에 있는 듯했지. 가우디가 "저기 저 숲속의 자연이 나

전망대 오르는 계단. 우리가 서 있는 길이 우리의 꿈으로 가는 길임을
언젠가는 깨닫게 되리라.

너라는 거울 속에 비친 나의 사춘기

의 건축의 표본이다."라고 한 이유를 느낄 수 있었어. 자연을 사랑하고 자연과 늘 함께하고자 했던 가우디는 그의 건축에 자연 그대로를 옮겨놓았지. 사람과 자연이 함께하는 공간을 추구하려고 했지. 이 공간에는 보이지 않지만 느낄 수 있는 신비스러운 에너지로 가득 차 있었지. 이 에너지가 내 마음의 문을 열게 했어.

언젠가 너의 방황 속에서 나의 사춘기를 보게 되었어. 네가 거울이 되어 한 치 앞도 모르고 방황하던 내 사춘기의 모습을 비춰주더라. 그 거울이 나의 잘못을 하나하나 끄집어냈어. 무기력하게 웅크리고 있는 내 모습이 너라는 거울 속에 비춰 보이더라. 나는 부모님께 말썽부리지 않는 착한 딸인 줄로만 알았는데, 나도 사춘기였을 적에 내 엄마를 속상하게 했었다는 걸 알았어. 그런 내가, 네 탓만 하고 있었다니. 잘 살아내지 못한 나의 사춘기가 너를 만나서 '그렇게 살지 말라.'고 화를 내며 잘난 체를 했던 거야. 내가 너에게 하는 잔소리는 나의 사춘기에게 하고 싶은 말이었던 거야. 어쩌면 나의 사춘기를 너에게서 보상받으려고 했던 건지도 몰라. 내 잘못을 보려 하지 않고 너의 잘못만을 다그쳤으니까. 너의 마음은 헤아려 보지도 않고 말야. 나는 사춘기를 무기로 내 부모의 마음을 울렸으면서 너의 사춘기를 이해하지 못하고, 너의 잘못만을 꾸짖으며 울고 있더구나.

부끄러운 내 모습을 추억하고 있노라니, 스테인드글라스의 영롱한 빛이 내 마음을 어루만지듯 비춰주었지. 괜찮다고. 마음이 따뜻해졌지. '사그라다 파밀리아'라는 이름은 '성가정'을 의미한다고 하니, 가족의 따뜻함이 느껴져 더욱 위로가 되었어. 스테인드글라스의 빛을 통해 너와 소통하고 싶은 나의 간절함에 대한 응답이 따뜻하게 다가오는 것이 느껴졌어.

길 없는 길도 길이 되듯이 우리가 지금 겪고 있는 이 길이 우리만의 길이 되어 둥글게 둥글게 굴러가기를 소망해 본다. 꿈이 안 보인다고 꿈이 없는 것은 아니라니까, 우리가 서 있는 길이 우리의 꿈으로 가는 길임을 언젠가는 깨닫게 되리라 믿어. 이 공간이 내 마음에 귀 기울여 주고, 내 마음을 헤아려 주는 것 같아. 마음이 머무는 이 공간에 있으니, 희망이 보이는 것도 같아. 우리가 지금 겪고 있는 방황이 언젠가는 제 자리로 돌아올 거라는 희망 말야. 우리는 지금 어떤 과정을 거쳐 지나가는 중이니까.

스테인드글라스. 우리는 지금 어떤 과정을 거쳐 지나가는 중이니까.

너에게
가까이 가는 법

✳

파란 자연을 품은 정열의 도시 바르셀로나에 와 있다. 스페인 거리를 다니다 보면 거꾸로 서서 걷는 기분이 들 때가 있어. 하늘이 어찌나 파란지 바다가 하늘에 떠 있는 느낌이랄까. 황사와 미세먼지 가득한 우리나라 하늘과 너무 대조가 되어서일까. 눈이 부시게 파란 하늘을 보니, 맑은 하늘에 풍덩 마음을 담그고 싶구나. 세상에 찌든 나의 마음을 씻어내고 싶어.

나는 요즘 어떤 갈등이나 스트레스가 생기면, 하나하나 그 갈등을 찾아서 풀어나가는 연습을 하고 있어. 왜 나를 힘들게 하는지를 계속적으로 나에게 물어보곤 해. 반복은 기적을 낳는다고 했어.

계속해서 나에게 묻고 또 찾아보려고 해. 원인을 끊임없이 찾아가다 보면 답이 보이겠지. 모든 문제는 내 안에 답이 있기 때문이야. 내가 문제 삼지 않으면 문제 아닌 것이 없는 것처럼 내 마음이 문제를 만들었던 거야. 모든 문제는 그 안에 해결책이 들어 있다니까.

바르셀로나 거리를 걷다 보면 특이하고 아름다운 건축물들을 곳곳에서 만나게 돼. 위대한 건축가 안토니 가우디의 작품들이란다. 바르셀로나에는 안토니 가우디를 빼고 말할 수 없을 정도로 그의 이야기로 가득 차 있어.

여행을 하다 보면, 아름다운 사람들을 알게 되는 것 또한 힐링이 되지. 넓은 세상과 관계를 맺고 위대한 사람들을 만나면서 마음의 여유가 생겨났지. 그 여유로운 마음이 나를 위로해 주면서 우리를 제대로 알도록 했어. 여행이란 결국은 사람 속에서 자신을 알아가는 것 같아.

구엘공원 의자. 원인을 끊임없이 찾아가다 보면 답이 보이겠지.

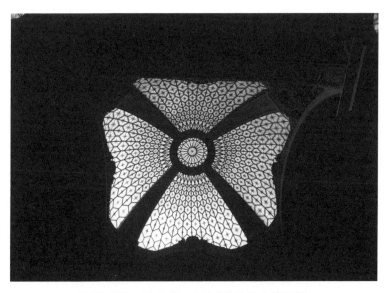

우체국 천장. 모든 문제는 내 안에 답이 있기 때문이야.

너에게 가까이 가는 법

바르셀로나에는 가난한 건축가 가우디와 성공한 사업가 구엘과의 아름다운 만남도 빼놓을 수 없는 이야깃거리란다. 구엘과 가우디의 관계는 후원자와 예술가의 관계 그 이상으로 예술을 사랑한 절친한 친구 사이였단다. 예술적 안목과 재능을 겸비한 재력가 구엘은 가우디로 하여금 마음껏 능력을 발휘하도록 필요한 모든 것을 제공해 주었지. 그 보답으로 가우디는 구엘을 위하여 〈구엘 저택〉과 〈구엘 공원〉 등의 대 작품들을 선사했어. 그들의 우정은 40년 동안 계속되었다고 해. 소박한 삶을 산 가우디는 교통사고를 당했을 때 아무도 그를 알아보지 못할 정도로 누추한 차림이었다고 해. 신원이 밝혀진 후에도 그는 빈민자 병원에 머물기를 원했고, 그곳에서 숨을 거뒀지. 그리고 그는 현재 파밀리아 성당 지하에 안치되어 있단다.

스페인은 현재 아프리카 난민들로 골머리를 앓고 있어. 세계는 점점 환경오염에 의한 재해가 잦아지면서 지중해를 비롯한 적도 부근의 나라들은 그 피해를 직격탄으로 맞고 있지. 그로 인해 난민들이 불법적으로 스페인에 들어오면서 스페인에는 소매치기들이 로마 다음으로 많다고 해. 특히 수많은 관광객들로 북적거리는 바르셀로나 거리에서는 정말 눈 깜짝하는 순간 날치기를 당하기가 쉽단다. 그들의 수법은 날이 갈수록 영악해 지고 있어. 나도 일행과 함께 두 눈 똑바로 뜨고서 가방을 어이없이 도난당했지 뭐야.

그럼에도 많은 영감을 안겨준 가우디의 건축물들이 즐비한 이 도시가 좋더라. 가우디의 건축물들에 담긴 사연을 이해하다 보면 자연과 사람을 배려하여 건축한 그의 따뜻한 인간미에 감동하지 않을 수 없어. 그래서 소매치기도 용서가 되고, 어리숙하게 당했던 나 자신에게도 너그러운 마음으로 토닥여 주게 되더라.

여행은 나로 하여금 용서와 너그러움을 알게 해주었고, 또한 나를 과거로 데려다주는 통로가 되어주었지. 나 자신을 돌아보게 하는 거울이 되어 끊임없이 나를 발견하게 했어. 그리하여 너를 알게 하고, 너와 나 자신을 보듬어 주게 했지. 여행을 함으로써 마음이 열리고 너에게 가까이 가는 법을 배웠지. 여행이 우리를 끈끈하게 이어주고 있어. 나는 너를 통해서 좀 더 낮은 자세로 세상을 보게 되고, 좀 더 마음을 비우게 되고, 좀 더 겸손하게 세상을 대하게 되었어. 가우디와 자연처럼 내 여행에서 늘 함께하고 있는 너를 느껴. 네가 더욱 소중하게 느껴지는구나.

카탈루냐 음악당. 여행은 나 자신을 돌아보게 하는 거울이 되어
끊임없이 나를 발견하게 했어.

너와
소통하는 통로

✳

여행길에서 길을 잘못 들어 헤맬 때가 있지. 여러 곳을 손수 찾아다니다 보니, 길을 헤매지 않는 방법에 대해 터득하게 돼. 먼저 내가 지금 어디에 위치해 있는지를 잘 알아야 해. 지금 여기, 내가 서 있는 곳이 곧 방향을 알려주기 때문이야. 인생도 처음 가는 길이기에, 길을 잃지 않으려면 내가 지금 어디쯤에 있는지를 둘러보는 것이 중요해. 진짜 인생은 언제나 지금 여기에서 시작되기 때문이지.

나는 지금 어디쯤에 있는가. 아직은 희미하게 보이지만 곧 길을 찾을 거야. 이렇게 잠시 멈춰 서서 지나온 길을 더듬어 보고, 내가 방황했던 길들을 돌아본다. 새로운 나의 길을 발견하기 위한 디딤길이 되리라고 믿으면서. 방황한다고 해서 길을 잃은 것은 아니니, 영화 〈인터스텔라〉에서처럼, "우린 답을 찾을 것이다. 언제나 그랬듯이."

엘 그레코의 집. "우린 답을 찾을 것이다. 언제나 그랬듯이."

오늘은 마드리드에서 1시간 정도 거리에 있는 아름다운 중세 도시 톨레도에서 편지를 쓴다. 2000년 이상의 역사를 간직하고 있는 톨레도는 풍부한 중세 유적으로 가득 찬 도시로 유네스코 세계문화유산으로 지정되어 있단다.

행동은 깨달음의 지름길이란 말이 있어. 행동하지 않으면 아무것도 가질 수 없단다. 그 행동의 하나가 나에겐 여행이 되었지. 나의 버킷리스트 중의 하나가 1년에 한 번 배낭여행을 하는 것인데, 지금 그것을 실천하는 중이란다. 갱년기를 겪으면서 우울감에 빠져 있을 때 내게 손을 내밀어 준 것이 여행이었지. 어쩌면 내 삶의 도피처였는지도 몰라. 많은 갈등과 번민으로 방황하는 날들이 많았지. 누군가와 진솔한 이야기를 나누며 아픈 나를 위로받고 싶었어. 나를 전적으로 이해해 주는 내 안에 있는 또 다른 나와 같은 그런 존재를 찾고 있었지. 예전에 나는 마음이 아픈 이들의 이야기를 들어주는 일을 하고 싶을 때가 있었는데, 돌이켜 보면, 내 이야기를 들어줄 상대를 찾고 있었는지도 모른다는 생각이 드는구나. 그중의 하나가 바로 여행이었어. 마음을 이야기하고 나눌 상대가 바로 여행이었지.

여행을 하면서 언젠가부터 생텍쥐페리의 《어린 왕자》가 내 마음 속에 자리 잡기 시작했어. 어린 왕자는 맑은 마음으로 세상을 보도록 나를 깨우쳐 주었지. 사랑으로 세상을 살아가도록 친구가 되어주었어. 어린 왕자의 말을 빌자면, 친구가 되었다는 것은 서로를 길들였다는 뜻이고, 길들인다는 것은 서로에게 공들이는 시간이라는 거야. 너와 내가 지금 이렇게 서로에게 공을 들이듯이 말야. 나는 가끔 내 마음속의 친구인 어린 왕자에게 내 얘기를 털어놓곤 하지. 그러면 어느 순간 삶의 정답 같은 걸 찾아내기도 해. 나도 누군가에게 어린 왕자가 되어주고 싶다는 꿈을 꾸곤 해. 아니 너의 어린 왕자가 되어주고 싶은지도 몰라.

여행을 하다가 한 번쯤 쉬어가고 싶은 도시들이 있는데, 이곳 톨레도는 한동안 머물러 있고 싶은 도시란다. 좁은 골목길 곳곳을 산책하며 다녀도 한나절밖에 걸리지 않는 작은 도시야. 골목을 걷기만 해도 뭔가 아름다움으로 채워지는 듯한 느낌이 들어. 중세적 향기가 가득한 톨레도에 머물러 있으면 이곳 어디에선가 어린 왕자를 만날 것 같은 느낌에 자꾸 두리번거리게 되더라.

톨레도 골목. 길을 잃지 않으려면
내가 지금 어디쯤에 있는지를 둘러보는 것이 중요해.

너와 소통하는 통로

톨레도의 골목을 다니다 보면 유럽적인 것과 아랍적 장식이 결합된 형태의 무데하르 양식의 건축물들을 많이 만날 수 있어. 그래서 더욱 독특하고 아름다운 도시로 느껴지지. 가난하고 소외된 사람들을 도와 널리 존경을 받았던 오르가스 백작이 살았던 도시. 그의 장례식 때 성 스테판과 성 어거스틴이 천상에서 내려와 직접 매장을 했다는 전설이 들리고, 엘 그레코가 그 전설을 기리기 위해 그린 〈오르가스 백작의 매장〉이 유명해진 곳. 도시 전체가 중세 유적으로 가득 차 있어 마치 박물관을 누비는 것처럼 매력적이야. 이슬람 사원들과 유대교회, 르네상스식 궁전 등, 독특한 무데하르 양식의 건축물들에 취해 걷다 보면 내가 중세에 들어와 있는듯했어.

이 도시의 유람은 한 곳에 머물러 있기만 해도 힐링이 되는 것 같았어. 그만큼 이 도시의 매력이 나를 끌었어. 그래서 다음에 꼭 다시 톨레도에 와서 오래도록 머물러야겠다는 생각을 했어.

톨레도 성문. 행동하지 않으면 아무것도 가질 수 없단다.

어린 왕자가 말했듯이 아름다운 것들과 만나면서 눈에 보이지 않는 마음에 다가가 봤지. 여행이 나를 돌아보는 시간을 갖게 했고, 그런 시간이 너와 소통하는 통로가 되었어. 너와 가까워지는 것을 느껴. 너는 내 인생에 아리아드네의 실타래와 같은 내비게이션이 되어주고 있어. 어쩌면 나의 어린 왕자는 너일지도 모른다는 생각이 드는구나.

너는 무엇을 할 때
가장 밝게 웃을까

✳

살면서 어떻게 살아야 하는지 갈등하는 날들이 많았어. 갈등은 끊임없이 나를 괴롭혔지. 그래서 불행하다고 생각하며 살았어. 생각해 보면, 다른 사람들과 나를 비교하면서 스스로를 불행하게 만들었던 거야. 그때 내 마음을 열게 한 말이 있었지. "행복이란 내가 하고 싶은 일이 무엇인지를 알며, 그것을 하는 것이다." 나는 결국 내가 좋아하고 내가 잘하는 것을 하기로 했단다.

삶의 갈등이 일 때 단순하게 생각하면 훨씬 쉽게 답을 찾을 수가 있다는 것을 시행착오를 거듭하면서 깨닫게 되었지. 우선 제일 먼저 할 일은 욕심을 내려놓는 일이야. 욕심을 비우면 답이 보인다는 걸 알았단다. 갈등이 일거나 힘들 때 내가 욕심이 있는가를 제일 먼저 살펴서, 그 욕심부터 비우는 연습을 하기 시작했지.

오늘은 이슬람 예술의 최고 걸작으로 꼽는 스페인 그라나다에 있는 알함브라 궁전에 와 있다. 이 궁전은 세계에서 가장 아름다운 궁전 가운데 하나로, 유럽에 현존하는 가장 아름다운 이슬람 건축이자, 인간이 만든 최고의 예술품으로 평가된단다. 이 궁전은 본래 9세기에 군사 요새로 지어졌다가 이후에 왕실 거처가 되고 13세기 중반에 페르난도와 이사벨라가 그라나다를 정복하고 난 후 이곳을 궁전으로 사용했지. 자연과 조화를 이룬 이슬람 문화의 결정체로 일컬어진단다.

다라사 전망대. 욕심을 비우면 답이 보인다.

사자의 중정. 행복은 내가 하고 싶은 것이 무엇인지를 아는 것이며
그것을 하는 것이다.

너는 무엇을 할 때 가장 밝게 웃을까

알함브라 궁전의 백미라 할 수 있는 나스르 궁은 4개의 영역으로 구성되어 있어. 그 중 코마레스 궁 내에 있는 아라야네스 정원은 인도 타지마할의 모델이 되었다고 해. 나스르 궁에서 가장 유명한 공간은 사자의 궁 남북에 위치한 아벤세라헤스의 방과 두 자매의 방이야. 이곳은 왕 외의 남성은 출입이 금지된 장소인 하렘이었다고 해. 이슬람 사회에서 여성들은 얼굴을 보여서는 안 되기 때문에 창살 없는 감옥이나 다름없는 이 하렘에서 격리된 채 생활해야 했지. 아벤세라헤스 방에는 비극적인 이야기가 전해지고 있단다. 이곳에 살고 있던 여인과 귀족이 사랑을 했는데, 왕에게 발각되어 여섯 명의 귀족을 처형한 장소라고 해. 비극적인 사연과는 달리 화려하게 장식된 별 모양의 돔 천장은 이슬람 예술의 극치를 보여주었어. 빽빽이 채운 벌집 문양의 모카라베 양식은 사람의 손으로 만들었다는 것이 믿기지 않을 정도로 정교하고 화려했지. 입체적인 별들이 금방이라도 쏟아져 내려올 것만 같았어. 각 영역의 천장과 벽은 기하학적인 도형, 문자. 식물 문양의 아라베스크 무늬로 도배하듯 장식되어 감탄에 감탄을 자아내게 했어. 무어 시인들이 알함브라 궁전을 '에메랄드 사이에 박힌 진주'라고 묘사할 정도로 이곳은 진주처럼 영롱하고 신비롭단다. 이들은 무엇을 말하기 위해 이토록 신비로운 질서의 모습을 그려냈을까.

이들의 간절한 기도와도 같은 경이로움에 감탄하다 보니, 아름

아벤세라헤스의 방 천장. 모카라베 장식

왕의 방. 너는 무엇을 할 때 가장 밝게 웃을까.

다운 문양들에 동화된 감동이 나를 용서하는 마음으로 이끌었어. 마음을 정화하려는 내 안의 내가 그동안 용서하지 못한 것들과 화해했지. 나도 어른이 되느라고 아픔을 많이 겪었어. 우울감에 빠져 삶의 의욕을 잃기도 했고, 심약한 내 몸과 마음이 너를 제대로 돌보지 못했어. 상처 많은 나를 돌아보자, 내 안에서 꿈틀거리는 벅찬 감동과 눈물이 나를 위로하고, 나를 보살폈지. 서서히 내 안에서 어떤 것들이 치유되어 가고 있는 게 느껴졌어.

눈물이 날 만큼 감동적인 분위기가 장엄한 기도의 마음을 불러다 주었지. 우리가 하고 싶은 것을 갖고, 꿈을 갖게 되기를 기도했어. 간절한 기도에는 분명 응답이 있다는 것을 믿으면서. 기도는 내가 무엇을 원하는지 제일 잘 알지. 그리고 내가 원하는 것에 가까이 이르도록 도와준단다. 참으로 절실한 기도는 그것에 미치고 싶은 열망을 내포하고 있기 때문에 원하는 것을 얻을 수 있다고 해.

내가 기도하는 마음으로 너에게 다가가자, 네가 무엇을 좋아하는지, 네가 무엇을 할 때 밝게 웃는지를 먼저 살폈어야 했다는 생각이 드는구나. 너는 무엇을 할 때 가장 많이 웃고 좋아할까. 너의 웃음이 그립구나.

언젠가 너에게 문자를 보냈지.

"행복은 내가 하고 싶은 것이 무엇인지를 아는 것이며 그것을 하는 것이란다."

너에게서 답장이 왔지.

"맞아, 아직 난 행복하지 않아."

너의 답장을 보고, 네가 행복하기를 바라는 내 마음이 잠깐 슬 펐단다. 하지만 너의 짧은 답장 속에서 희망을 보았어. 그동안 말 이 없던 네가 마음을 표현했다는 것이 기뻤다. 그리고 '아직'이라 는 말이 참 희망적으로 다가왔어. 아직 살아 있구나. 분명히 알 수 있는 것은 앞으로 네가 곧 하고 싶은 것을 찾을 거라는 희망적인 메시지라는 것이었어. 이제, 너에게 용기를 줄 수 있는 나의 사랑은 기다림이라는 걸 알았어. 네가 하고 싶은 것을 찾을 때까지 진득 하게 너를 믿고 기다려야 한다는 것을, 그리고 그것이 네가 바라고 원하는 것이라는 것을. 우리는 가까워지고 있었지.

3부

꿈꾸기

온 마음을 다해
꿈꿀 때

동화 속 환상의 도시 세비야에서 이 글을 쓴다. 세비야는 스페인 남서부 안달루시아 지방에 위치해 있어. 많은 예술가들이 살았던 도시이며 수많은 예술 작품을 탄생시킨 도시란다. 나도 예술적 에너지를 받을 수 있을까. 무척 설레고 기대가 되네. 나를 동화의 나라로 데려다줄 것 같은 도시야.

세비야 대성당 가는 길에 있는 거리의 악사들, 예쁜 상품들, 아기자기한 풍경들과 마주했어. 광장이며 거리마다 서로 어울려 먹고 마시고 수다를 즐기는 스페인 사람들의 무리를 볼 수 있었어.

세비야 대성당에서 열린 결혼식 풍경. 용기 있는 사람이 꿈을 갖는다.

이곳은 안토니오 로시니의 희극 〈세비야의 이발사〉의 배경이기도 하단다. 골목 어디에선가 이발사인 피가로의 세레나데가 들려올 것만 같았어. "피가로~ 피가로~" 피가로의 세레나데가 내 어린 날의 삽화 속으로 나를 데려갔지.

내가 어렸을 적 살았던 마을에도 인형극이 있었지. 물론 친구와 내가 극본, 작곡, 연출을 도맡아 하는 꼭두각시 인형극이었고 등장시킬 인형은 자연에서 가져다 사용했지. 바로 옥수수 인형이었단다. 여름 밭에 지천으로 널려 있는 옥수수가 수염을 달기 시작하면 옥수수를 통째로 따서 인형극에 등장시켰지. 옥수수의 긴 수염은 인형의 머리가 되어 길게 늘어뜨리면 공주가 되고, 감아올려서 똬리를 틀어주면 왕자가 되었어. 극의 무대는 밭고랑이 되기도 했고, 툇마루가 되기도 했지. 하지만 인물은 언제나 우아한 왕자와 공주가 등장했어. 일도 안 하고 말도 안 듣는 왕자와 공주가 엄마한테 야단맞는 이야기가 주로 무대에 올랐지. 마을 어른들의 뒷담화가 소재가 되기도 했어. 〈세비야의 이발사〉 같은 세기의 명작에 감히 비할 바는 아니었지만, 관객 없는 희극은 웃음꽃 피는 가정과 평화로운 마을을 꿈꾸는 동심에서 막이 올랐으며, 내 인생의 4막 1장 중 빛나는 첫 장이기도 했어. 나의 어린 시절은 지금도 나의 문학에 영감을 실어 나르고 있단다.

세비야는 이슬람의 영향을 받은 유적지가 많고, 역사 유물들이 잘 보존되어 있어서 스페인의 대표적인 관광도시 중 하나로 꼽힌 단다. 그중 하나로 세비야 대성당을 꼽을 수 있어.

성당 내부에 있는 콜럼버스의 관이 많은 사람들의 관심을 끌었 어. 콜럼버스는 아메리카 신대륙을 발견하여 신항로를 개척하였지. 죽을 때까지 자기가 발견한 대륙이 인도라고 믿었다고 해. 스페인 이사벨라 여왕의 명을 받고 총 4차례 항해를 마쳤지만 기대만큼 왕실에 이익을 가져다주지 못했지. 그래서 스페인 정부에 재산과 귀족 지위를 빼앗기고, 결국 비운의 죽음을 맞이했단다. 콜럼버스 는 스페인 정부에 대한 섭섭함을 "죽어서도 스페인 땅은 밟지 않 겠다."는 유언으로 남겼다고 해. 그래서 세비야 대성당에 안치되어 있는 콜럼버스 관은 땅에 닿지 않고 떠 있는 채로 있단다.

관을 받치고 있는 네 사람 중 앞쪽에 두 사람은 콜럼버스의 신 대륙 탐험을 지지했던 레온과 카스티야 왕으로, 오른쪽 발을 만지 면 사랑하는 이와 함께 세비야에 다시 올 수 있게 되고, 왼쪽 발을 만지면 부자가 된다고 하는 속설이 있단다. 하지만 아쉽게도 금지 줄이 쳐져 있어서 가까이 갈 수 없었어.

대성당의 첨탑인 히랄다 종탑에 올라가서 세비야 시내 전경을 내려다보았어. 종탑에서 내려다보이는 풍경들이 참 사랑스럽고 평 화로워 보였어. 휴식 그 자체였어. 멀리 안달루시아 평원이 보였어.

히릴다 종탑. 꿈을 정해놓으면 그 길로 가는 삶을 살게 되고,
결국 그 꿈에 이르게 된단다.

히릴다 종탑에서 내려다 본 거리

파울로 코엘료의 《연금술사》에 나오는, 안달루시아를 누비던 목동 산티아고가 불쑥 나타나 '자아의 신화'를 찾으러 떠나자고 할 것만 같았지. 소설에서 언급한, "위대한 진실은, 무언가를 간절히 원할 때, 온 우주가 그 소망이 실현되도록 도와준다."는 말을 기도처럼 다시 되뇌어 봤어. 나는 네가 꿈을 갖기를 원하고, 그 꿈을 살아가기를 바란다. 그 소망이 실현되도록 우주가 도와주기를 기도했지.

그동안 내가 뭔가를 간절히 구할 때, 어떤 해답 같은 것을 간절히 찾을 때, 도움을 주는 메시지를 삶이 순간순간 보여주었는데, 내가 알아차리지 못했던 것 같아. 내 주변에 또는 내 마음속에 존재하는데 기울이지 않아서 알아차리지 못했던 거야. 어디선가, 내가 원하는 것이 무엇인지 언제나 알고 있는 것이 중요하다고, 항상 꿈꾸고 있으면 꿈이 이루어지도록 도울 거라는 우주의 속삭임이 들리는 듯했어.

꿈을 정해놓으면 그 길로 가는 삶을 살게 되고, 결국 그 꿈에 이르게 된단다. 세르반테스의 《돈키호테》에서 "잡을 수 없는 별일지라도, 힘껏 팔을 뻗어 보리라."고 했듯이, 온 마음을 다해 꿈꾼다는 게 중요한 거야. 용기 있는 사람이 꿈을 갖는다고 하잖아. 우리 용기를 내보자.

슬픔과
대면할 줄 알아야

✳

스페인 코르도바에 있는 메스키타에 와 있다. 메스키타는 '이슬람 사원(모스크)'이라는 뜻의 스페인어야. 로마인들의 교회가 있던 자리에 세운 스페인 최초 이슬람 사원으로 세계에서 세 번째 규모의 이슬람 사원이란다. 명성에 걸맞게 일찍부터 메스키타에 입장하려는 사람들이 꼬리에 꼬리를 물고 서 있더라. 처음과 끝줄이 돌고 돌아 뱀처럼 똬리를 틀더니, 사람들이 뒤엉켜 이 줄인지 저 줄인지 분간할 수가 없을 정도였어. 멋없고 투박한 외관을 보면서 뭘 볼 게 있다고 이리 아우성일까 했는데, 입구에 들어서는 순간, 말발굽 모양의 이중 아치들이 사원 안을 가득 메운 신비로운 풍경과 마주하면서 눈과 입과 가슴이 동시에 환하게 놀랐단다.

메스키타 입장. 반성은 모든 행동의 시작이다.

메스키타 말발굽 모양의 이중 아치들.

말발굽 모양의 이중 아치를 받치고 있는 850개의 돌기둥들이 숲을 이루듯 늘어 서 있었지. 돌기둥 사이사이로 신비롭게 비쳐 들어오는 빛과 어우러진 이 공간이 어느 만화영화에 나오는 환상의 숲을 연상케 했어. 이곳을 '베일의 사원'이라고 부르는 이유를 알겠더라. 외관의 투박함과는 대조적으로 내부는 화려하고 볼 게 많기 때문에 붙여진 이름이라나. 그래서인지 투박한 외관만 보고 별 기대 없이 들어갔는데, 감탄은 몇 배 더 컸단다.

기대에 따라서 실망과 감동이 다르게 나타날 수도 있겠다는 생각이 들면서, 사람에 대한 기대에 대해 생각해 보았어. 사람에게 지나친 기대를 하게 되면 상처를 받게 되지. 특히 가까운 사람에게는 더욱. 너와의 갈등도 너에 대한 나의 지나친 기대 때문이었어. 너에 대한 기대가 충족되지 못한 좌절감이 화를 부르고 서로를 힘들게 만들었던 거야. 결국 내 욕심 채우려고, 네가 원하는 삶이 아니라 내가 원하는 삶을 강요했던 거지. 너는 멈춰 있는 것이 아니라 성장하는 중이었던 거야. 날아오르기 위해 힘찬 뒷걸음질을 하고 있었던 거지. 너의 사춘기가 너에게 중요한 청춘의 일부라는 것을 나는 미처 깨닫지 못했어. 네가 사춘기를 견디고 있는 것만으로 애쓰는 모습을 알아주어야 했어. 반성은 모든 행동의 시작이니. 이제 기대하기보다는 믿음으로 너의 마음을 더 많이 보듬어 주려고 해. 간섭보다는 관심으로 지켜보려고 해. 내 모습을 보면서 나를 알아가기 시작하자, 내가 조금씩 보이기 시작했지.

자연을 담아놓은 공간. 메스키타는 그리스도교 건축 양식과 이슬람 건축 양식이 공존하는 공간으로, 무데하르 양식으로 꾸며져 있었지. 숲속 같은 신비로운 공간을 헤매다 보면, 모스크 내에서 가장 화려하게 장식된 금빛 돔을 만나게 돼. 미흐랍이야. 이슬람 사원에서 미흐랍은 그들의 성지인 메카를 향한 곳으로 가장 중심이 되는 곳이란다. 사각형의 닫집 안에 있는 천장의 돔과 벽은 온

통 기하학적인 도형, 문자, 식물무늬 등이 반복적으로 어울린 아라베스크 문양으로 정교하게 새겨져 있었어. 이 문양들은 그림인가, 언어인가, 염원인가. 아름다움의 끝을 보여주는 이 눈부신 문양들에게서 이들의 기도이자 신에 대한 경외가 절절하게 전해져 왔지. 천장의 돔 주위에 나 있는 창으로 햇빛이 스며들어, 미흐랍의 찬란한 문양은 영롱한 보랏빛이 되어 신비감을 더했어. 돔의 가장 중앙에 무함마드의 상징인 파란색 별 모양을 보려고 고개가 아프도록 올려다보고 있자니, 하늘에 닿으려는 이들의 염원이 느껴졌어. 그 아래 서서 영롱한 마음으로 너와 교감을 했지.

모자이크 장식의 미흐랍

미흐랍 천장 돔. 슬픔과 대면할 줄 알아야 진정한 행복을 느끼게 된다.

행복하냐고 언젠가 너에게 물었을 때 넌 행복하지 않다고 말했지. 슬픔과 대면할 줄 알아야 진정한 행복을 느끼게 된다고 하더라. 넌 행복하기 위해 지금 슬픔과 대면하는 중인 거야. 이 시기가 지나면 진정한 행복이 뭔지 알게 될 거야. 간디는 "고난은 자신 안에, 보다 더 위대한 힘을 만든다."고 했어. 그러니 우리 지금은 우리의 아픔을 들여다보는 시간을 갖자꾸나. 이런 시간을 통해 위대한 힘이 만들어질 것을 나는 믿어. 사랑한다는 건 포기하지 않는 거야. 우리 희망을 갖고 용기를 내 보자꾸나. 희망은 어떠한 고난도 대적할 수 있는 힘이 있단다. 아픔을 이겨낼 수 있는 힘 말이야. 우리 서로에게 미소 지을 수 있는 순간이 오기를 희망하자.

나에게로 온
어린 왕자

오늘은 포르투갈 포르투에 있는 렐루서점에서 이 글을 쓴다. 언젠가부터 너는 조금씩 변화해 가고 있더라. 어느 날은 아침 일찍 일어나 청소를 하기도 하고, 어느 날은 천변을 걷기도 하고, 네 안에서 뭔가 꿈틀거리는 게 느껴졌어. 나는 서두르지 않고 느긋한 마음으로 너를 믿고 기다렸지. 침묵으로 일관하던 네가 서서히 말을 걸어오기 시작했어. 네가 바라는 것에 대한 의사 표현도 하고, 의욕적인 네 모습이 무척 반갑고 기뻤단다.

너에게 사랑이라는 이름으로 남용했던 잔소리들, 관심이라고 들이댔던 간섭들이 사랑과 관심이 아니라 내 욕심 때문이라는 것을

렐루서점 내부. 우리가 겪고 있는 일들은 사이가 좋아지기 위해
서로를 길들이는 과정이라고.

나에게로 온 어린 왕자

알고부터 나에게도 변화가 일기 시작했지. 좀 더 낮은 자세로 세상을 보게 되고, 마음을 비우게 되고, 긍정적인 사고를 갖게 되면서 웃는 날이 많아졌단다. 너로 인해 행복할 줄 아는 마음의 여유가 생겼어. 그렇게 우린 서로를 보살피면서 영혼이 회복되어 가고 있었지.

그리고 어느 날 이런 문자를 받았어.

"엄마 가슴에 고슴도치 만들어서 미안해. 앞으로 잘할게."

이 문자를 받고 많이 울었단다. 그냥 어떤 복합적인 감정이 나를 울게 했던 것 같아. 이 말을 꺼내기까지 어린 네가 얼마나 아픈 가슴앓이를 했을까. 생각하면 지금도 가슴이 먹먹해진다.

나는 서점을 좋아해. 서점은 왠지 고향 같은 향기가 나. 참새가 방앗간을 그냥 못 지나가듯, 길을 가다가 서점이 있으면 그냥 한번 들어가 보고 싶고, 책장을 뒤적거리게 돼. 그러면 뭔가 부자가 된 듯 뿌듯해지지. 특별히 책을 사지 않아도 서점에서 오래 머무는 것은 나에게 에너지 충전이 되는 것 같아.

세계에서 가장 아름다운 서점 중의 한 곳인 포르투 렐루서점을 내가 지나칠 수가 없는 이유야.《해리포터》작가인 조앤 롤링이 포르투에 머물면서 이 렐루서점에서 영감을 받아서《해리포터》작품을 쓰게 됐다고 하여 세계적으로 명성이 있는 곳이란다.

내부에 들어서는 순간, 2층으로 연결된 나선형 계단이 시선을 압도했지. 레드 카펫을 깔아놓은 듯한 나무 계단 장식은 여인의 실루엣 같기도 하고 바이올린의 몸매 같기도 하여, 해리포터가 망토를 두르고 짠 하고 나타날 것만 같았어.

그때 《해리포터》 책이 수두룩 놓여 있는 한편에서 《The Little Prince》를 발견했어. 세상에서 가장 아름다운 서점에서 《어린 왕자》 책을 만나게 되다니 반갑기 그지없더라. 책은 내가 인생에서 갈등하거나 방황을 할 때 길을 밝혀주는 등불이 되어주곤 하지. 그중의 하나가 생텍쥐페리의 《어린 왕자》란 책이야. 내가 가장 좋아하는 책이란다. 어린 왕자는 내 마음속에 와서 방황하는 내게 길 안내도 해주고, 내가 힘들 때 내 마음을 쓰다듬어 주기도 하고 항상 곁에서 친구가 되어주었지. 존재하지 않지만 어린 왕자는 내 영혼의 친구가 되어 어디서든 내 이야기를 들어주고 외롭지 않게 해주었어. 겸손하게 세상을 대하면, 눈에 보이지 않는 소중한 것들을 마음으로 볼 수 있다는 것도 깨우쳐 주었어. 내가 제일 좋아하고 제일 잘하는 걸 하면서 사는 것이 행복이라는 걸 깨닫게 해주었지. 우리가 겪고 있는 일들은 사이가 좋아지기 위해 서로를 길들이는 과정이라고 용기를 주기도 했어.

렐루서점에 그려진 어린 왕자 포스터. 나를 깨닫게 해주려고
너는 어린 왕자의 별에서 나에게로 왔던 거구나.

    여러 나라를 여행하다가 서점에서 《어린 왕자》 책이 있으면 무
조건 구입하는 버릇이 생겼어. 《어린 왕자》 책을 수집하는 취미가
생겼지. 나는 여기 렐루서점에서 《The Little Prince》 책과 엽서 한
장을 구입했어. 그리고 너에게 엽서를 썼지.

"영경아, 엄마는 어린 왕자를 참 좋아한다. 어린 왕자는 가장 순수하고 아름다운 사랑을 세상에 일깨워 주었지. 어린 왕자는 엄마에게 삶의 의미를 주고 꿈을 심어주었어. 그래서 엄마도 누군가에게 어린 왕자이고 싶은 꿈을 가지고 있단다. 네가 방황의 날들을 보내고 있을 때, 엄마는 참 힘들었다. 너와 싸우면서 마음공부를 많이 했어. 그때 너의 모습에서 내 자신의 모습을 보게 되었지. 엄마가 너를 가르치려고 그렇게 야단했는데, 어느 날 나를 돌아보니까 네가 엄마를 가르치고 있더라. 너로 인해 엄마는 인생에 대해 많은 것을 배우고 깨닫게 되었단다. 나는 내 엄마 가슴에 못 박고 살았다는 것을 오십 살이 넘어서야 너를 통해서 알았는데, 넌 벌써 그걸 알고 있더구나. 엄마는 너에게 어린 왕자이고 싶었는데, 네가 오히려 어린 왕자가 되어 엄마 앞에 나타났지. 나를 깨닫게 해주려고 너는 어린 왕자의 별에서 나에게로 왔던 거구나. 엄마는 어린 왕자를 만나서 정말 기쁘다. 나의 어린 왕자 영경아, 고맙고, 사랑한다."

아기자기한 도시 포르투야. 이번 여정의 끄트머리에 있다. 이곳
에서 이번 여행을 느긋하고 여유롭게 마무리하고 싶어. 포르투는
15세기 엔리케 왕자의 아프리카 탐험대가 바로 포르투 항구에서
출발하면서 대항해시대의 서막을 열었던 도시란다. 18세기까지 황
금기를 누리던 포르투갈은 해외 영토가 대폭 축소되면서 쇠퇴하였
지. 그로 인해 도시 곳곳에 바로크 양식의 성당들을 비롯한 오래
된 건축물들과 정체된 듯한 옛 모습이 고풍스럽게 남아 있다.

아기자기한 도시의 골목을 어슬렁거렸지. 나는 구석구석 걷기를
좋아해. "걸으면 해결된다."는 말이 있어. 걸으면 부정적인 감정이

감소되어 새로운 긍정적인 감정이 생긴다고 해. 그래서인지 기분이 상쾌해지고 에너지가 솟는 걸 느꼈지. 골목을 배회하면서, 우리가 조금씩 변화해 가고 있던 때를 회상하니 발걸음도 가벼웠지.

포르투 대성당 앞 거리. 이제 더 이상 비교하지 않으려고 해. 잘나지 않아도 되니까.

좁은 골목들을 트램과 승용차가 같은 길로 다니는 모습이 신기했어. 포르투 거리를 다니다 보면, '아줄레주'라고 불리는 도자기 타일 벽화로 단장한 성당과 건물을 자주 만날 수 있지. 하얀 바탕에 짙푸른 파란색 그림의 아줄레주는 여행자들의 시선을 끌만큼 아름다웠어. 아줄레주는 스페인 알함브라 궁전의 이슬람 건축 미술의 영향을 받았다고 해. 포르투에서 아줄레주 타일 벽화를 대표하는 건축물이 상 벤투 역사란다. 상 벤투역 내부에는 포르투갈의 역사적 사건을 세밀하게 묘사한 아줄레주 타일 벽화가 화려하게 장식되어 있지. 원래 수도원이었는데 화재로 인해 폐허가 된 이곳을 건축가와 화가가 11년 동안 걸려 아름다운 기차역으로 꾸몄다고 해. 높은 천장과 아줄레주 타일로 화려하게 장식된 이 기차역은 세상에서 가장 아름다운 기차역 중의 하나라고 하여 포르투의 랜드마크가 되었지. 아줄레주를 감상하고 있자니, 어딘가 낯익은 느낌이 들었어. 바로 우리나라의 청화백자가 떠올랐단다. 하얀 바탕에 파란 그림이 서로 닮아 있는 분위기가 뭐랄까 청명한 파란색과 흰 구름이 어우러진 가을 하늘빛을 닮은 그림이라고나 할까. 마음까지 뽀송뽀송해지는 기분이 들었어.

상 벤투역 아줄레주 타일 벽화. 누군가를 끌어들일 만큼 좋은 시간을 주는 공간.

나는 요즘 시간과 공간에 관심이 많아졌단다. 시간과 공간에는 항상 사람을 빼놓을 수가 없지. 나는 어디를 가든 시간과 공간이 함께 있는 곳을 좋아한단다. 예를 들어 어디 멋진 공간에 갔는데 누군가가 떠오르고 아름다운 생각이 들었다면 그 공간이 누군가를 끌어들일 만큼 좋은 시간을 준 거잖아. 여행은 내게 시간과 공간을 만들어 주었어. 어디를 가든 언제나 너를 떠올리게 하지. 이곳 상 벤투 역사처럼 말야.

걷다 보니, 동 루이스 1세 다리가 바라다 보이는 도우 강변에 이르렀지. 노천카페와 노천 식당들이 즐비한 강변에는 여행객들과 포르투인들이 섞여 낭만을 즐기고 있었지. 처음 보는 낯선 사람들끼리 어우러져 노래하고, 춤추고, 기타치고, 떼창을 하는 모습이 정말 낭만적이었어. 포르투 음악이 이토록 흥겹고 낭만적일 줄이야. 타인의 시선을 의식하지 않고 지금 이 순간을 맘껏 즐기는 모습이 참 자유로워 보였어.

동 루이스 1세 다리. 너에게도 진작 이런 자유를 주었어야 했어. "못해도 돼. 괜찮아."

나는 타인의 시선을 많이 의식하며 살았던 거 같아. 타인의 시선을 지나치게 의식하는 것은 두려움 때문이라고 해. 열등감에 대한 두려움. 잘 보이고 싶은 열등감이 나를 늘 긴장하게 했던 것 같아. 타인의 시선을 의식하면서 타인과 비교하게 되고 열등의식에 빠져 스스로를 불행하게 했던 거야. 남들이 나를 어떻게 바라보는가보다는 내가 나 자신을 어떻게 바라보며 살아갈까를 더 고민해야 했어.

저녁나절 마지막 시간에 맞춰 야경 유람선을 탔어. 도우 강을 유람하면서 바라본 강변 풍경은 정말 아름답더라. 오래된 건축물들이 강변 마을을 이루고 있는 엔틱한 풍경이 아름다운 수채화를 펼쳐놓은 듯했어. 빨간 지붕들과 파란 벽들의 조화가 아름다운 한 폭의 그림 같았어. 그때, 강변 어디에선가 감미로운 음악이 들려왔지. 해가 지고 있는 저녁 빛과 강변가의 어스름 불빛들이 음악과 어우러져 환상적이었어. 몽환적이면서 감미롭게 가슴을 파고드는 이 음악이 포르투갈 전통음악인 파두라고 해. 포르투갈인들의 한을 담은 슬프고 서정적인 이 음악을 듣고 있으니, 여행의 피로가 풀리는 듯했어. 포르투 골목에는 파두 음악을 공연하는 작은 선술집들이 곳곳에 있다고 해. 포르투를 떠나기 전에 파두 음악 라이브 공연을 꼭 볼 수 있기를 기대하고 있어.

여행은 타인을 의식하지 않게 해서 좋아. 릴렉스하게 하고 무엇보다도 자유를 만끽하게 하지. 지금, 나는 나 자신으로부터 자유를 찾아가고 있어. 이제 더 이상 비교하지 않으려고 해. 잘나지 않아도 되니까. '못해도 돼. 괜찮아.' 너에게도 진작 이런 자유를 주었어야 했어. "못해도 돼. 괜찮아."

마음을
여는 일

오늘은 코카서스3국 중 하나인 조지아에서 이 글을 쓴다. 조지아에 간다고 하니까, "조지아가 어디에 있는 나라야?", "그런 나라도 있어?" 주변에서 하는 말들이었다. 하지만 그런 나라가 있더라. 참 생소한 나라라서 더욱 호기심이 일었어. 일정을 준비하는 과정에서 차질이 많이 생겼어. 그 여파로 환승하려던 중에 이스탄불 신공항에서 하룻밤 노숙을 하기도 했지.

오십 대 아줌마가 배낭여행을 하다 보면, 웃지 못할 에피소드들이 많이 일어난단다. 가장 끔찍했던 일은 네팔 여행할 때 시외버스에서 캐리어를 두고 내렸던 일이란다. 다행히 우여곡절 끝에 찾긴 했지만…. 대신에, 한국으로 돌아오는 네팔 공항에서 발권을 하는데 1등석 티켓을 공짜로 주더라. 내 생애 1등석이라니. 아마 1등석 승객이 갑자기 취소하는 바람에 자리가 남았던 것 같았어. 그런 행운이 있기도 했지.

서로 인접해 있는 조지아와 터키는 시차가 1시간이야. 이들 국경을 넘나들 때 시차 계산을 하지 않고 시간을 보는 바람에 공항에서 황당한 일을 겪기도 했어. 아무튼 어리바리로 소문난 내가 해외 배낭여행을 다닌다고 하면 모두 놀란단다. 이번에도 우여곡절 끝에 조지아에 입성했지.

조지아는 1991년 구소련으로부터 독립하여 오늘에 이르렀지. 이들은 90%가 그리스 정교회를 믿는단다. 조지아 곳곳을 다니다 보면 산꼭대기에 세워져 있는 교회들을 흔히 볼 수가 있어. 높은 곳에 교회를 지은 것은 전쟁 시에 중요한 종교 유물을 숨겨놓기 위해서였다고 해. 카즈베기 해발 2,200m 고지대에 위치한 츠민다 사메바 교회를 마주하는 순간 숨이 멎는 것 같았어. 웅장한 설산이 병풍처럼 에워싸고 있는 모습은 정말 장엄하고 신비로웠어. 꿈속에 펼쳐진 세계를 보는듯했어.

사메바 교회에서 내려다본 마을은 정겹고 아름다웠어. 거대한 설산 아래 모여 있는 주홍빛 지붕들이 수채화 그림 같더라. 교회를 뒤로 하고 내려오는데, 누군가 나를 부르는 것 같아서 뒤를 돌아보았지. 힘들고 아픈 것들 다 내려놓고 가라는 듯 교회의 풍경이 환하게 웃고 있었지. 순간 울컥해지는 감동이 뭔가 마음 하나가 내려진 듯 가벼워지더라. 아름다운 자연에 취하고 감동받다 보면 어느 순간 마음이 관대해져 있는 나 자신을 느낀단다. 여행에서 마주친 것들이 나를 깨우쳐 주고 있어. 그때마다 뭔가가 내 마음을 어루만져 주는 것 같아.

츠민다 사메바 교회. 여행에서 마주친 것들이
나를 깨우쳐 주고 있어.

가장 경이로운 장소 가운데 한 곳인 므츠헤타에 있는 스베티츠호벨리 대성당에 들렀어. 11세기에 건축된 이 대성당은 조지아에서 트빌리시 성삼위일체 대성당 다음으로 크단다. 이 대성당을 포함한 므츠헤타 도시 전체가 유네스코 세계유산에 등재되어 있다고 해. 이곳에 예수의 외투가 묻혀 있다고 알려져 있는데, 사람들의 질병을 치유해 주는 영험한 곳이라 하여 세계에서 수많은 관광객들이 몰려오고 있단다.

예배 시간인지 성직자들이 엄숙히 예배를 드리고 있었는데, 성직자 대부분이 수염을 길게 기르고 있는 모습이 특이했어. 조지아에서 성당을 다니다 보면 특이한 점들을 볼 수가 있어. 예배당에 의자가 놓여 있지 않고 신도들이 서서 예배를 드리더라. 수도자는 성을 초월했다 하여 남녀 수도복이 구별되어 있지 않고 같다고 해.

조지아 교회에는 성상은 거의 볼 수가 없었고, 교회마다 여러 성인들의 이콘이 걸려 있는 것을 흔히 볼 수가 있었어. 조지아에 와서 이콘을 처음 접했을 때 참 낯설고 신기했어. 이콘은 그리스도나 성모, 성인 및 성경, 교리 내용을 소재로 그린 성화상을 말한단다. 그리스 정교회는 예수를 형상화하는 것을 금한다고 해. 대신 성당 내부에 여러 성인들의 이콘을 걸어놓고 기도하는데, 이콘은 매우 중요한 기도 역할을 한단다. 올바르게 기도하는 가이드 역할을 한다고나 할까. 그래서 조지아 정교회 신자들은 이콘이 없는 성당을 상상할 수 없다고 해. 이들은 이콘을 향해 기도하고 이콘으로부터 위안을 받기 때문이야.

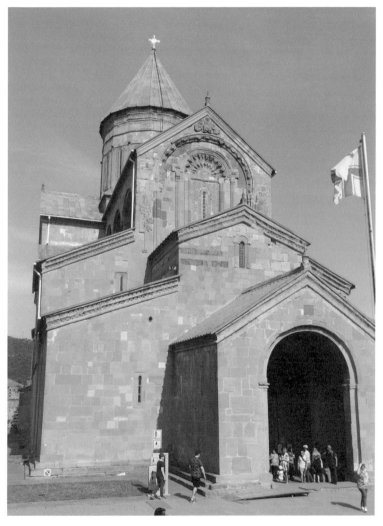

스베티츠호벨리 대성당. 올바른 기도란 마음을 들여다보는 의식이 아닐까.

스베티츠호벨리 대성당 이콘들. 내 기도가 내 마음을 양팔로 감싸며 안아주곤 하지.

나는 카톨릭 신자도 정교회 신자도 아니었지만 이콘을 향해 두 손을 모았지. 여행을 다닐 때마다 내가 만나는 모든 성스러운 대상과 아름다운 것들이 나의 기도 역할을 해준단다. 올바른 기도란 마음을 관찰하고 들여다보는 의식이 아닐까. 아름다움 앞에서는 기도하게 되고, 영혼이 맑아짐을 느낀단다. 그럴 때 마음을 열고 나를 위로하는 의식을 하는 거지.

살다 보면 마음을 여는 일이 그리 쉬운 일이 아니야. 그렇다고 어려운 일도 아니지. 마음의 문을 여는 방법은 오늘처럼 아름다움에 감동하면서 내 마음을 토닥거려 주고, 내 마음을 보살펴주는 거야. 그러면 내 기도가 내 마음을 양팔로 감싸며 '괜찮다.'고 안아 주곤 하지.

관계의 문을
여는 열쇠

러시아와 조지아의 경계를 가르는 코카서스 산맥에 위치한 카즈베기 국립공원으로 간다. 카즈베기는 조지아어로 '얼음 산'을 뜻한단다. 조지아는 구소련으로부터 독립하기 전까지 러시아의 지배를 받았지. 거칠고 무뚝뚝한 러시아 말투 때문인지는 몰라도 조지아 사람들 또한 대체로 무뚝뚝하더라. 조지아 사람들에게 "감마조르바(안녕하세요)~."라고 하면서 다가가면 이들은 겁을 먹거나 무뚝뚝한 표정으로 바라보더라. 오히려 내가 겁이 났지. 하지만 이들의 심성은 그렇지 않다는 걸 알아. 왜냐하면 나도 우리나라에서 외국인들을 만나면 이들과 다르지 않았기 때문이야.

나는 무뚝뚝한 말투로 인해 사람들에게 특히 가까운 사람들에게 오해를 많이 사기도 했지. 웃으며 하는 말인데도 그들은 "왜 화를 내서 말하느냐."고 되레 화를 내곤 하더라. 너와 관계가 어그러졌던 이유 중의 하나가 나의 말투 때문이었던 것 같아. 너와 대화를 하면 내 의도와는 달리 네가 기분 나빠 했었는데, 퉁명스러운 내 말투 때문이었다는 것을 나중에야 알게 되었어. 말이 주는 이미지가 상대의 태도를 바꿀 수 있다 하니, 말투가 인간관계에 얼마나 큰 영향을 미치는지 깨닫게 되었단다.

그래서 되도록 상냥하게 말하려고 노력 중이야. 제일 좋은 방법은 웃는 거라는 걸 알았어. 즐겁게 웃는 것은, 눈의 표정인 인상과 말투 둘 다 부드럽게 해주기 때문에 자신뿐 아니라 사람의 관계를 변화시켜 줄 수 있는 묘약이라고 해. 관계의 문을 여는 열쇠는 웃는 것. 미소 지음, 이것이야말로 삶을 멋지게 변화시켜 주는 최고의 방법이라는 것을 알았단다. 행복해서 웃는 게 아니라, 먼저 웃으니까 행복해지더라. 그래서 자주 미소 짓고 웃으려고 노력해. 웃으니까, 정말 웃을 일이 생기더라. 웃으니까, 닫힌 마음이 열리고, 우리가 어느새 서로에게 가까이 다가가 있더라. 그래서 언젠가부터 내가 잘살고 있는가의 기준을 내가 웃고 있는가, 웃고 있지 않은가로 판단하게 되었단다.

조지아의 수도 트빌리시에서 승합차인 마슈르카를 타고 카즈베기로 갔어. 카즈베기 산맥을 넘어가는 길은 정말 환상적이야. 하얀 눈으로 덮여 있는 설산과 초록산이 교대로 나타나 그림처럼 펼쳐졌지. 수천 마리의 양 떼들이 도로를 점령해서 가고 있는 광경도 정말 놀라웠어. 꼬물꼬물 떼 지어 걸어가는 양 떼들의 모습이 얼마나 귀엽던지. 양 떼들이 천천히 다 지나갈 때까지 차들은 꼼짝없이 멈춰 있어야 했지.

구다우리에서. 관계의 문을 여는 열쇠는 웃는 것.

카즈베기 가는 길. 양 떼들

카즈베기에서 다시 택시를 대절해서 오늘의 목적지인 카즈베기 국립공원에 위치한 쥬타로 갔지. 아슬아슬한 낭떠러지 길이 무서웠지만 경치는 환상적이었어. 카즈베기 해발 2,000m에 위치한 쥬타. 사방에 웅장한 산으로 둘러싸여 있는 넓은 초원. 멀리 보이는 설산에는 눈이 하얗게 덮여 있고, 가까이에는 푸른 초원이 이제막 초록빛 옷으로 갈아입고 있었지. 그 한가운데에 집 한 채만 덩그러니 자리하고 있었는데, 하룻밤 머물 게스트하우스란다. 한국에서 미리 예약을 해놓은 상태였어. 그야말로 푸른 초원 위의 그림 같은 집이었어. 초원 위에서 닭들과 말들이 친구처럼 어울려 있는 모습이 수채화 같은 풍경이었어. 쥬타 트레킹은 여행객들에게 인기 있는 코스로 유명하단다.

6월 초, 이맘때에 이곳은 야생화 천국이란다. 제철을 만나 지천으로 피어 있는 야생화들 정말 예뻤어. 희귀하고 예쁜 꽃들의 이름을 알고 싶어서 일일이 네이버에 물어보니, 노랑 금매화, 자주색 앵초, 자주색 손바닥나비난초, 백합과인 검은노랑 패모란다. 그 외 이름을 알 수 없는 색색의 꽃들이 푸르른 초원 위에 까마득히 널려 있었지. 드넓은 초원의 야생화들을 보며 한가로운 시간을 보냈어. 천국이 따로 없더라. 마음이 절로 깨끗해졌지. 그러자 자꾸만 미소가 지어졌어. 마음속 아픈 기억도 따라 웃더라. 마음을 웃게 하는 열쇠는 웃음이야. 다시 한번 되새겨 봤지. 삶은 마음이 시키는 대로 길을 가지. 긍정적인 생각을 하면 긍정적으로 에너지가 움직이듯이 마음이 밝게 웃으면 항상 밝게 웃는 길로 삶을 안내한다는 것을 알겠더라.

쥬타 트레킹. 밤하늘을 올려다보고 별이 반짝이는 걸 본다면
그건 마음이 빛나기 때문이야.

관계의 문을 여는 열쇠

쥬타 트레킹. 꽃이 웃고 있는 걸 느낀다면 그건 마음이 행복하기 때문이지.

한밤중에 문득 잠이 깨어 별을 보려고 초원으로 나가봤어. 밤하늘을 올려다보니, 하늘에 초롱초롱한 야생 별꽃들이 서로 저를 보아달라고 빛나고 있더라. 와, 별들이 활짝 핀 꽃들처럼 하늘을 수놓고 있었지. 꿈속에 있는듯했어. 수십억 광년을 지나서 지금 내게 빛나고 있는 저 별들이 나에게 무슨 말인가를 전하고 있는 것 같았어. 별에는 신비한 우주가 있고, 상상 그 이상을 상상할 수 있어서 좋아. 언젠가는 어린 왕자가 우주선을 타고 나타날지도 모를 상상도 해보거든. 어린 왕자가 산다는 소행성 B612는 어느 별일까 헤아려 봤어. 수많은 별들 중에 유난히 반짝거리는 별을 올려다봤지. 어린 왕자가 다정하게 웃고 있는 것만 같았어. 나도 미소로 신호를 보냈지. 웃는 건 별을 바라보는 일 만큼이나 쉬운 일인데 사람들은 그것을 하지 않지. 그때 문득 깨달아지는 게 있더라.

꽃의 향기를 맡아보는 일도, 별을 바라보는 일도 정말 너무나도 쉬운 일인데 사람들은 잊고 살 때가 많다는 것을. 밤하늘을 올려다보고 별이 반짝이는 걸 본다면 그건 마음이 빛나기 때문이야. 꽃이 웃고 있는 걸 느낀다면 그건 마음이 행복하기 때문이지. 별은 언제나 반짝일 테니 하늘을 올려다보기만 하면 된다는 것을.

미소가 선물처럼 내 마음을 빛내며, 야생화들이 별이 되었는지, 별들이 내려와 꽃이 되었는지 모를, 아름답기 그지없는 쥬타에서 마음을 마사지했지. 눈에 보이지 않지만 우주의 어떤 힘들이, 내가 간절히 원하는 대로 일을 꾸미고 있는 게 느껴졌어. 마치 마법처럼… 희망이 솟아오르는 벅찬 가슴을 느꼈지.

살아 있구나,
정말 살아가는구나

✳

여행을 하면서, 나를 들여다보고 돌아보면서 너에게 가까이 갈 수 있었지. 어디를 가든 내 마음속엔 항상 너와 함께 있었어. 너와 마음속 동행을 하면서 나는 항상 너를 위해 기도한단다. 너의 행복한 모습을 상상하면서 기도해. 너는 드디어 꿈을 찾아 꿈틀대고 있지. 너에게 하고 싶은 일이 생긴 거야. 너는 그동안 네가 진정 하고 싶은 것이 무엇인지, 너를 즐겁게 하는 일이 무엇인지를 계속 찾고 있었던 거야. 그리고 비로소 어떤 것을 찾게 된 거야. 너의 의욕적인 모습이 나를 생기 있게 한다. 정말 기쁘다. 꿈만 같아.

오늘은 콘야에 와서 이 글을 쓴다. 콘야는 터키에서 이슬람적인 전통이 가장 강하게 남아 있는 도시란다. 관광객들이 많은 타 도시들보다 현지 주민들을 더 많이 볼 수 있지. 기온이 30도를 웃도는 날씨에도 얼굴과 목까지 히잡을 두르고 긴 차도르를 입고 다니는 여성들을 보면 얼마나 더울까 안쓰럽더라. 까만 차도르를 길게 두르고 다니는 여성들이 굉장히 인상적으로 보였어. 무섭다고나 할까. 하지만 이들은 무척 친절하고 따뜻했어. 터키여행에서 제일 인상 깊은 것은 이슬람교에 대한 이해였어. 미디어에서 본 무슬림에 대한 부정적인 편견 때문에 막연히 두려움 같은 게 있었거든. 하지만 터키를 여행하면서 무슬림들이 얼마나 친절하고 그들의 사원이 얼마나 따뜻한지를 알게 되었지.

콘야에 온 것은 오직 메블라나 세마 의식을 보기 위해서란다. 신비주의로 알려진 메블라나 교단의 본거지인 콘야에서만 정통 세마 의식을 볼 수 있기 때문이야. 세마 의식은 터키의 종교 의식으로 유네스코 세계무형문화유산으로 등록되어 있단다. 주말 밤에만 공연을 하는 걸로 알고 왔는데 호스텔에서 뜻밖의 반가운 정보를 주었어. 이번 금요일 밤에 세마 의식을 한다는 거야.

밤이 될 때까지 기다리느라고 어슬렁거렸지. 마침 술탄 셸리미예 자미(사원)에서 12시 예배를 알리는 소리가 들렸어. 금요일은 무슬림 대예배일이어서 이들에겐 특별한 날이란다. 색다른 이들의 종교 의식이 궁금해져서 술탄 셀리미예 사원 예배에 참석해 봤어. 들어가는 입구가 남녀 구별이 있더라. 남성들은 중앙 문으로 출입하고, 여성들은 좁은 옆문으로만 출입하더라. 이슬람 사원에 들어가려면 여성들은 스카프를 쓰고 되도록 살을 보이지 말아야 해. 사원에 출입할 때마다 매번 스카프를 쓰고 살을 가려야 하는 것이 번거로웠지. 하지만 로마에 가면 로마법을 따라야 하듯이 터키 이슬람 사원에서는 이와 같은 무슬림들의 규칙을 따라야 해.

이들의 규칙에 따라 입구에서 나눠주는 스카프를 쓰고 예배가 시작되는 사원 안으로 들어갔어. 사원 안 강당에는 한쪽으로 가로막은 칸막이를 사이에 두고 남성들은 중앙에 넓게 차지하고 앉고, 여성들은 한쪽 구석에 몰아 앉아 있더라. 여성들은 가림막 너머로 소리만 듣고 예배를 드리더라. 남녀 차별이 심하다는 생각이 들게 했어. 겨우 엎드려 기도할 수 있을 만큼 빽빽하게 바닥에 앉아 있었지. 두 시간 동안 알아들을 수 없는 이슬람 경을 들으며 이들의 예배 진행에 동참했어. 나름 특별한 시간을 즐겼지. 이국의 낯선 사원의 예배당에서 눈을 감고 있으니, 어떻게 살아야 할지 막막했던 시간들이며, 너를 통해 내 자신의 모습을 보게 되면서 나에게 일어난 변화들이며, 욕심을 버리는 훈련들이 주마등처럼 스쳐갔지. 감회가 새로웠어. 다시 태어난 것 같은 새로운 삶에 감사해.

예배가 끝나고 밖으로 나오자, 사원 앞마당엔 남성들이, 옆 마당엔 여성들이 빼곡히 바닥에 앉아서 기도를 하고 있었지. 어마어마한 무슬림들의 모습이 진풍경이었어.

세마 의식. "내가 거쳐온 수많은 여행은 당신을 찾기 위한 여행이었다./
내가 길을 잃고 헤맬 때조차도 나는 당신을 향해 걸어가고 있었다."-메블라나 루미

살아 있구나, 정말 살아가는구나

술탄 셀리미예 사원 여신도 예배모습. '살아 있구나. 정말 살아가는구나.'를
느끼게 돼. 널 보면 나도 꿈틀거리고 싶어지거든.

드디어 메블라나 문화센터에서 세마 의식이 시작되었지. 메블라나 세마 의식은 신과의 소통을 목적으로 하는 수피교의 종교 의식으로, 이란의 시인이며 학자였던 루미가 창시했단다. 의식은 제일 먼저 네이 피리 소리를 시작으로 현악기와 작은북, 노래 등의 반주에 맞추어 시작되었지. 네이 피리 소리는 평온함을 주며 사후세계까지 만날 수 있는 소리라고 해. 신에 대한 그리움을 나타낸다는 네이 피리 소리가 마음을 평화롭게 하더라.

특유의 하얀 의복을 입고, 머리를 한쪽으로 기울이고, 음악에 맞추어 오른팔은 하늘을 향하고 왼팔은 땅을 향한 채로 한 시간 동안 빙글빙글 돌기만 한단다. 명상하듯. 그러다 무아지경에 빠지면서 신을 영접한다고 해. 하늘을 우러러 계속 빙글빙글 돌기만 하는 모습이 정말 무아지경에 빠진 듯했지. 춤이 아니라 독특한 기도 의식이란다. 춤을 통해서 무아지경에 이르면 인간의 욕망은 사라지고 비로소 신을 만나게 된다고 해. 신과 하나가 되기 위한 이들만의 경이로운 의식에 빠져들다 보니 나도 어느새 무념무상의 세계에 있는듯했지. 말로 형용할 수 없는 감동이 밀려오더라.

긍정적인 마인드로 변화된 우리의 모습을 봤어. 요즘 너는 너의 작업실을 예쁘게 꾸미는 일에 빠져 있지. 너의 작업실 통유리엔 멋진 말들이 그려져 있는데, 그 말들은 시 같기도 하고 삶 같기도 하더라. 가끔 그 그림들이 바뀌는데, 나는 늘 그게 궁금해져서 그 앞을 지나가고 싶어지더라. 네가 하고 싶은 것을 찾아서 그것을 살고 있는 너를 보면 부럽더라. '살아 있구나. 정말 살아가는구나.'를 느끼게 돼. 널 보면 나도 꿈틀거리고 싶어지거든.

세마의 창시자인 메블라나 잘랄레딘 루미의 교훈시를 옮겨본다.

"내가 지나온 모든 길은 곧 당신에게로 향한 길이었다.
내가 거쳐 온 그 수많은 여행은 당신을 찾기 위한 여행이었다.
내가 길을 잃고 헤맬 때조차도 나는 당신을 향해 걸어가고 있었다.
그리고 마침내 내가 당신을 발견했을 때, 나는 알게 되었다.
당신 역시 나를 향해 걸어오고 있었다는 사실을."

내가 걸어온 길을 추억하게 하고, 깊은 공감과 상념에 젖게 했어. 이 시처럼 우리는 서로를 향해 다가갔고, 서로의 마음이 서로를 움직여 서로에게 닿았으니까. 나를 감동시키고 있는 너에게 감사를 보낸다. 내 딸로 태어나줘서 고마워.

내 안에
답이 있다는 것을

*

여행은 결국 나를 들여다보는 훈련이었어. 삶의 모든 문제는 내 안에서 찾아야 하기 때문에 내 안에 답이 있다는 것을 여행을 하면서 깨달았단다. 여행을 하면서 매 순간 내 영혼을 가꾸고 맑히는 일에 힘썼지. 고난은 인생을 깊게 만들지. 우리가 그동안 헤매고 애쓰고 방황했던 것은 새로운 삶을 발견하고 깨닫게 하기 위한 산통의 부르짖음이었어. 너와 함께했던 아픈 시간들을 겪는 동안 내 인생에서 나를 알게 하는 아주 특별한 순간이 찾아왔지. 그리고 나에게 위대한 일이 벌어졌던 거야. 너를 통해서 내 삶이 변하게 되었고, 너는 나에게 형용할 수 없는 어떤 의미가 되었단다. 내 인생의 보물 같은… 너로 인해 인생의 경이로움을 깨닫고 있단다. 우리는 서로에게 위대한 용기를 주었어. 아픔을 통해 더욱 사랑할 수 있었고, 그 사랑이 서로 마주 보고 미소 지을 수 있게 했어.

항아리케밥. 고난은 인생을 깊게 만들지.

오늘은 터키 괴레메에 있는 카파도키아에서 편지를 쓴다. 카파도키아는 정말 신비로운 도시야. 마을과 벌판 등 지역 전체가 기기묘묘한 기암괴석들로 가득 차 있더라. 약 3백만 년 전 화산폭발과 대규모 지진활동으로 생긴 잿빛 응회암이 오랜 풍화작용을 거쳐 특이한 암석군을 이루었단다. 끝도 없는 너른 평야에 가는 곳곳마다 저마다 기괴한 모양의 회색 암석군들 정말 신기하게 널려 있더라.

이 놀라운 광경을 보는 순간, 입이 떡 벌어지고 숨이 멎어 이 기암괴석들처럼 몸이 굳어져 버렸단다. 세상에 이런 곳이 존재하다니.

커다란 암석에 구멍이 뻥뻥 뚫려 있는 것을 볼 수 있는데, 그곳은 로마에서 박해를 피해 건너온 초기 기독교인들이 몰래 숨어 살았던 동굴집이라고 해. 이들은 눈에 띄지 않는 이 응해암에 굴을 파고 다듬어 교회와 집을 만들고, 어마어마한 지하도시까지 건설했단다. 그럼에도 무너지지 않고 몇백 만년을 버티고 있는 것이 신기할 따름이었어.

괴레메 마을 전경. 끊임없이 마음을 두드리고 답을 찾아왔어.

우치히사르. 무언가를 간절히 원할 때 내 마음을 들여다보고 귀를 기울이면
내가 찾아 헤매던 무언가를 찾게 된다.

카파도키아는 관광지이다 보니 마을은 대부분이 호텔과 민박 같은 숙박시설이 주를 이루고 있어. 전망 좋고 위치가 좋은 곳은 대부분 동굴 호텔이야. 이 기암괴석을 호텔로 개조한 거지. 그래서 밖에서 보면 여기저기 구멍이 뚫려 있는 동굴처럼 보이지만 내부는 창문이 달린 방으로 되어 있단다. 시원하고 운치가 있어서 여행객들에게 인기가 좋단다. 나도 한나절 발품을 팔고 다니면서 여기저기 흥정 끝에 싸고 전망 좋은 동굴호텔을 잡았지. 침대에 누워서도 동굴 밖의 신기하고 아름다운 풍경이 내다보이는데, 정말 멋지단다. 몇백 만년의 시간이 공들인 작품, 수만 년의 풍파를 견뎌낸 자연의 섭리가 어쩜 이리도 독창적이고 희귀한 작품을 빚어냈을까. 이 광경을 보고 있노라니, 마음과 시간이 빚어 여기까지 온 우리의 관계가 떠올랐어.

이 경이로운 자연에 비할 바는 아니겠지만 사막과도 같은 삶에서 나무 한 그루를 심고 키우겠다는 희망을 나는 일찍이 겪었어. 사막에서 나무를 심고 가꾼다는 심정으로 희망을 가진다면 어떠한 고난도 이겨낼 수 있을 거라고 믿었거든. 무언가를 간절히 원할 때 내 마음이 어떤지 마음을 들여다보고 귀를 기울이면 내가 찾아 헤매던 무언가를 찾게 된다는 것을 우리의 지나온 여정이 보여주었어. 우리는 끊임없이 마음을 두드리고 답을 찾아왔어. 서로에게 다가가기 위해 관심을 가지고 기다리던 시간들. 그런 시간들이 있었기에 지금의 우리가 있게 된 거야. 어떤 시간들을 겪어내고서야 피울 수 있는 아름다운 꽃처럼 너와 나의 아픈 희생이 있었기에 경이로운 구원의 삶을 맞이할 수 있었어. 우리에게 서로를 알게 해준 그런 시간들이 있었던 것을 오히려 감사하게 생각해. 비 온 뒤에 땅이 굳어지듯이 우리는 시련을 통해서 더욱 성숙해졌으니까. 쉽게 얻을 수 없는 새로운 삶을 선물로 받은 거야. 간절함과 기도와 긍정적인 마음 그런 것들이 서로 영향을 미쳐서, 비로소 이루어진 소중한 선물이지.

나는 새벽이 움트는 카파도키아의 선셋 포인트 언덕에 앉아, 꼭두새벽 하늘에 꽃처럼 날아오르는 수백 개의 벌룬과 일출이 만나는 황홀한 장관과 마주했지. 벌판 가득 널려 있는 기암괴석들이 황금빛으로 물들며 꿈틀거렸어. 희망이 의외로 가까운 곳에서 손을 내밀고 있는 것만 같았어. 그러자, 신호처럼 모든 길이 환해지고, 너와 내가 꿈꾸는 길이 환히 보이는 것을 느꼈지. 이 감동을 너에게 보낸다. 이 세상 모든 아름다운 곳에 네가 있기를….

벌룬. 이 세상 모든 아름다운 곳에 네가 있기를.

내 안에 답이 있다는 것을

시간보다
느리게 가기

터키 이스탄불 야니카피 여객터미널에서 배를 타고 2시간 거리에 있는 부르사로 간다. 부르사는 터기에서 네 번째로 큰 도시란다. 그럼에도 조용하고 소박해 보였어. 터키인들은 98%가 이슬람교를 믿는다. 이들은 성지인 메카를 향해 하루 다섯 번 기도를 해. 그때마다 사원에서 기도를 알리는 소리를 하는데, 그 소리를 '아잔'이라고 한단다. 매일 듣는 아잔 소리는 나를 기도하게 했어. 아련하게 들려오는 아잔 소리의 울림을 타고 너에게 건너갔지.

요즘 우리 곁에 있는 행복이 느껴져. 그냥 '행복이 여기 있네.'라고 알아차리기만 했을 뿐인데, 행복하다. 이 행복을 느끼기 위해 우린 아픔을 겪어내야만 했지. 흔히 사람들은 "행복을 잃어버렸다."라고 말하지. 행복을 잃어버린 것이 아니라, 스스로 마음의 문밖으로 행복을 내쫓았던 거야. 욕심이라는 마음의 문에 가려 행복을 느낄 수 없었던 거지. 행복은 항상 곁에 있단다. 행복이 가까이에 있다는 걸 느끼고 알아주면 행복은 아주 좋아하면서 마음속으로 들어온단다. 그러기 위해서는 행복을 방해하는 욕심을 내려놓아야 해.

주말르크족 마을

주말르크족 마을 가족식사. 여행은 남들이 나를 어떻게 바라보는가를
의식하는 것보다 나 자신을 의식하게 하지.

부르사에 예쁘고 아름다운 전통마을이 있다고 해서 찾아갔지. 주말르크족 마을이란다. 오스만 시대의 전통가옥이 남아 있는 마을로, 유네스코 세계문화유산으로 등재되어 있단다. 부르사에서 물어물어 찾아가는 도중에 재미있는 일이 있었지.

터키인들은 어찌나 친절한지 길을 물으면 성의를 다해서 열심히 가르쳐 주었어. 부르사에서 주말르크족 마을을 찾아가는 지하철 안에서 누군가에게 길을 물었더니 갑자기 지하철 안이 온통 술렁이는 거야. 나를 중심에 두고 알아듣지도 못하는 터키어로 '이렇게 가야 해.', '저렇게 가야 해.' 하는 시늉을 하며 서로 자기가 알려주겠다며 야단법석이었지. 그때 할머니 한 분이 중학생쯤 보이는 아이들에게 무슨 말인가를 하더라. 그 아이들이 난처한 표정을 지으면서 알겠다는 시늉을 하는 거야. 추측건대, 그 할머니가 아이들에게 내가 가는 목적지까지 나를 데려다주라고 한 것 같았어. 나는 지하철 안에서 벌어지는 이 상황이 너무 당황스러워서, 구글번역기에 "내가 알아서 갈게요."라는 문장을 터키어로 보여주었어. 그제서야 그렇게 시끄럽던 버스 안이 순식간에 조용해지는 거야. 이들의 착한 심성을 보고 감동을 받았어.

여행은 타인을 의식하지 않고 다니는 것이 얼마나 자유로운지를 깨닫게 하지. 그 자유로움을 통해서 그동안 타인의 시선을 얼마나 의식하며 살았는지 그로 인해 얼마나 긴장하고 스트레스를 받았는지를 알게 되었어. 여행은 남들이 나를 어떻게 바라보는가를 의식하는 것보다 내가 나 자신을 의식하게 하지. 나를 관찰하게 하고 깨어 있게 하거든.

저녁나절 부르사 토파네 공원 전망대에 올라 멍 때리고 있다가 해넘이를 보았어. 참 아름답더라. 문득, 시간이 멈춰 있는 것처럼 느껴졌지. 멈춰 있는 느낌에 마음을 맡겨보았어. 시간이란 서두르면 달아나고 천천히 가면 여유를 주는 것 같아. 이렇게 멈춰

서 여유로운 시간을 보내고 있으니, 시간이 거꾸로 흐르는 것 같았어. 그동안 바쁘다는 핑계로 서두르다가 시간보다 앞서가는 줄도 모르고 살았어. 시간보다 먼저 뛰어가느라고 그리 숨차게 살았던가 봐. 남들보다 먼저 가려는 욕심에 시간을 저만치 떼어두고 혼자만 달려왔구나. 시간보다 먼저 가다가 빠뜨리는 것들이 얼마나 많았을까. 이렇게 멈추어 보니, 바삐 헤매기만 했던 내가 보이더라. 시간은 누구에게나 규칙적으로 흐르는 것이 아니라, 빨리 가면 빨리 뛰어가고, 느리게 가면 시간도 덩달아 느리게 간다는 것을 깨달았어. 노을이 짙어지고 어둠이 내려오는 데도 이곳은 시간이 흐르고 있다는 느낌이 들지 않았지. 그냥 '지금'이란 시간이 있을 뿐. 낯선 나라 낯선 곳에서 낯선 사람들과 함께 어우러져 있는 지금, 내 인생의 그 어디쯤이 잔잔하게 빛나고 있더라.

부루사 토파네 공원 전망대에서. 남들보다 먼저 가려는 욕심에
시간을 저만치 떼어두고 혼자만 달려왔구나.

4부

행
복
하
기

늘 거기에 있는 사람
나의 엄마

✳

나는 산책이란 말을 참 좋아한단다. 물론 산책하는 것 또한 무척 좋아하지. 산책이란 말에서 산뜻하고 맑은 느낌이 전해져서 좋아. 산책이란 말만 들어도 산뜻한 쉼과 맑은 힐링이 느껴지지. 산책로를 많이 가질수록 부자이고, 인생을 잘 사는 기준이라는 말에 공감해. '나는 얼마나 많은 산책로를 가지고 있는가.' 돌아본다. 내게는 여러 갈래의 산책로가 있지. 자주 걸으며 명상하는 집 근처 둘레길, 보물을 찾아 떠나는 역사 탐방길, 주기적으로 찾아가는 국내외 여행길 등등. 산책은 인생 뭐 있을까 싶어 가다 보면 뭐 별거 아니라고 알려주는 것 같기도 하고, 하루하루가 새로운 것이라고 보여주는 것 같기도 하고, 산책이 주는 선물이 신선해서 자주 가게 된단다. 산책은 낯익은 길인데도 낯선 길처럼 늘 새롭지. 최근에 산책로를 하나 더 발견하게 되었단다. 바로, 내 엄마를 찾아뵙는 일이야.

엄마란 직업은 수많은 화살촉이 가슴에 박히는 일이란 걸.

오늘은 특별히 내 엄마 집에서 이 글을 쓴다. 내 엄마에게 가는 길이 나의 산책로가 되었단다. 자동차로 2시간 거리이기 때문에 자주 산책을 떠나는 것은 쉽지 않은 일이란다. 그래서 내 엄마랑 많은 시간을 보내는 것을 내 버킷리스트 중의 하나로 정했지. 구순이 된 엄마는 잘 걷지 못하신다. 자식들이 이제나 올까 저제나 올까 기다리는 일이 엄마의 일상이 되었지. 언젠가부터 그런 엄마의 외로움도 달래드릴 겸 엄마랑 가까이서 지내보고 싶다는 생각이 들었어. 그동안 바쁘다는 핑계로 하지 못했거든.

엄마랑 맛있는 음식을 먹으러 다니기도 하고, 밤새워 케케묵은 옛날이야기로 수다도 떨면서 함께 즐거운 시간을 보내는 일이 얼마나 꿈만 같은지 모른단다. 그런 시간을 위한 산책로를 내어 걷다 보니, 엄마를 너무 모르고 살았다는 생각이 들더라. 그동안 엄마를 잘 안다고 생각하며 살았어. 엄마란 존재는 마음이 태산처럼 끄떡없고 바다처럼 넓은 줄로만 알았지. 그런데 내가 너를 키우며 여러 가지 일들을 겪다 보니, 내 엄마가 보이더라. 엄마도 나를 키울 때 이랬겠구나. 엄마는 철인인 줄만 알았는데, 내가 엄마가 되어보니 엄마도 연약한 여자인 것을. 아픔의 깊이가 어땠을지 되새겨지더라. 그럼에도, 엄마가 정말 그랬을까, 철없는 호기심으로 되묻기도 하면서, 미처 몰랐던 엄마를 알아가고 있단다.

"자식을 키워봐야 부모 속을 안다."는 옛말이 하나 그르지 않다는 걸 새삼 깨달았어. 내 엄마에게 가는 산책로가 엄마 살아생전에 해야 할 나의 숙제 같기도 하고, 지금 하지 않으면 평생 후회로 남을 거 같아서, 어찌 보면 엄마를 위하는 것처럼 보이지만 내 마음 편하고자 하는 욕심일지도 모르지.

구순이 된 엄마랑 함께 나란히 누워 도란도란 하룻밤을 보낸다. 자식들 때문에 속 썩은 일이 아직도 남아 있느냐고 물었더니, 엄마 왈,

"우리 자식들이 뭐 그리 속 썩인 일이 있었간디?"

하시더라. 칠 남매나 되는 자식들 키우며 왜 애먹지 않은 일이 없었겠어. 나는 엄마가 속 썩으며 살았다는 걸 오십이 넘어서야 알았는데, 엄마는 이미 다 화해하셨더구나. 그동안 엄마는 가슴에 박힌 못을 녹이는 세월을 사셨더구나. 용서를 빌려 할 때는 이미 엄마 가슴의 못은 다 녹아 사라지고 없더라. 그 모든 아픔을 화해로 풀어내기까지 얼마나 많은 일들을 살아내셨을까. 나도 네 엄마가 되었지만 엄마란 직업이 수많은 화살촉이 가슴에 박히는 일이란 걸 오십이 넘어서야 알았단다.

엄마의 온 삶이 거룩하게 다가왔지. 아름답다고, 거룩하다고, 어찌 그 한마디로 엄마의 한 많은 세월을 다 담아낼 수 있으랴. 요즘 엄마가 참 맑아 보이더라. 삶을 내려놓은 모습이 편안해 보였어.

엄마는 언제 그렇게 맑아지셨을까. 나는 비우려고 애를 많이 써보았는데 엄마는 삶으로 비우고 계셨던가 봐. 얼마나 까마득한 삶을 더 살아봐야 엄마를 안다고 할 수 있을까.

엄마는 지금, 황금빛으로 활짝 펼쳐 보이는 저녁노을 같은 황혼을 맞고 계시지. 엄마의 황혼은 용서와 포용으로 일구어낸 삶의 이야기가 농익어 가는 시간대인 것 같아. 해의 걸음걸이가 보이는 해거름의 시간처럼 천천히 삶을 걷고 계시더라. 엄마는 참 곱게 잘 늙어가시는 거 같아. 나도 엄마처럼 곱게 늙어가고 싶어. 엄마에게 가는 산책로는 내 자신을 조용히 들여다보게 되더라. 해묵은 내 자신과 해후하게 되고. 인생의 어디쯤을 걷고 있는지를 슬그머니 알려주더라.

산책이 소중한 것들을 일깨워 주고 있어. 산책을 하는 것은 나의 삶을 윤기 나게 해주지. 산책을 다닐 때마다 마음이 한 뼘씩 자라는 느낌을 받는단다. 내 인생의 한쪽 겨드랑이에 끼고 다니던 시집 같아. 가끔씩 그 시집 펼쳐보듯 산책로를 나선단다. 산책이란 뭔가 있을 거 같아서 가게 되는 것보다 가다 보니 뭔가가 있더라. 그러니 그냥 가보는 거야. 그렇게 나서는 많은 산책로가 나를 만들어가지. 마음의 양식이며 휴식을 주는 산책로를 많이 가질수록 삶의 행복이 달라진단다. 내가 내 엄마와 소중한 시간들을 산책하듯이 너와도 소중한 순간들이 이어지길 바라.

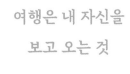

여행은 내 자신을
보고 오는 것

"대화 앞에 차가 없는 것은 밤하늘에 별과 달이 없는 것과 같다." 터키인들의 수다와 차 문화를 대변하는 말이란다. 이들의 하루는 차로 시작해서 차로 끝낸다고 할 만큼 차를 좋아한단다. 차의 향기를 음미하면서 새로운 삶의 에너지를 충전하는 거지. 이들에게 수다 또한 빠질 수 없는 즐거움이란다. 하루를 충전하고 활력을 얻는 곳, 이스탄불의 심장이라고도 부르는 술탄 아흐메트 광장에서 수많은 여행객들과 터키인들은 수다와 차를 즐기고 있어. 이들의 차 문화는 오래 묵은 여유와 진한 향이 느껴진단다.

오르타쿄이 모스크. 고통의 가장 중심에서 나를 흔들고 있는 것이
바로 욕심이라는 것을 알게 되었지.

이스탄불. 우리를 길들인 많은 시간들이 추억으로 살아났어.

이번 여행의 마지막 도시, 이스탄불. 가장 핫하고 역사적인 이 도시에 풍덩 빠져 있는 중이란다. 터키를 대표하는 사원인 블루모스크와 맞은편으로 아야소피아 성당이 빙 둘러싸고 있는 이 술탄 아흐메트 광장은 세계의 수많은 여행자들과 터키인들의 휴식처야. 광장을 빼곡히 메운 사람들. 세계의 사람들로 꿈틀거리는 광장은 에너지가 넘쳐흐른다.

술탄 아흐메트 광장. 추억이라는 통로가 나를 살아 있게 하는구나.

나는 이 공간이 참 마음에 들어. 멍 때리기 딱 좋은 공간이라서 매일 이 광장에서 여행의 하루를 마감하고 싶은 생각이 들어. 다행히 이 근처에 숙소가 있어서 가능할 것 같아. 수많은 여행자들이 오고 가고 머물기도 하지만 시끄럽다거나 혼잡하다는 느낌이 들지 않아. 정적 속에 혼자 있는 느낌, 오히려 고요한 시간이 나를 두드린다. 나는 한참을 앉아서 군중 속의 고독을 감미롭게 즐기고 있어. 그 사이를 뚫고 너의 잔영이 내 뇌리에 기대어 온다.

내가 갱년기로 인해 힘든 시기를 보낼 때, 나는 누군가에게 또는 우주의 어떤 힘에게 SOS를 많이 보냈고, 인생의 답을 찾아 헤맸지. 그때 내가 찾은 오아시스는 고통의 가장 중심에서 나를 흔들고 있는 것이 바로 욕심이라는 것을 알게 되었지. 모든 고통의 근원은 욕심에서 비롯된다는 것을 알아버린 순간부터 참 신기하게도 점차, 뼬이 없어지고, 욕심이 없어지고, 대신 웃는 날이 많아졌지. 오십이 넘어서야 나를 알아가는 시간들이었고, 내 인생이 전환되기 시작했던 시기였어. 그 중심에 나의 분신인 네가 함께 있었던 거야.

눈이 부시도록 파란 하늘을 향해 위풍당당하게 뻗어 있는 모스크 첨탑들이 한눈에 보여. 첨탑들이 우리에게 용기를 북돋아 주는 신호처럼 느껴져. 터키의 모스크 첨탑은 개수에 따라 권력을 상징

한다고 해. 모스크 첨탑이 하나면 개인 소유이며, 첨탑이 2개면 장군의 모스크, 국가가 지은 것은 첨탑이 3개, 그리고 첨탑이 4개면 왕인 술탄의 명령으로 지어진 모스크란다. 아야소피아가 이에 해당되지. 가장 아름다운 모스크로 불리는 블루모스크는 세계에서 유일하게 첨탑이 6개란다. 아야소피아의 아름다움에 감탄한 술탄이 아야소피아보다 뛰어난 모스크를 만들라는 명령을 했고, 권위를 높이고자 이슬람 성지인 메카의 첨탑 개수와 같은 6개의 첨탑을 세웠다고 해. 어쨌거나 그런 이유로 우리는 지금 뾰족뾰족 위용을 펼치듯이 솟아 있는 많은 첨탑들의 웅장미를 감탄할 수 있는 거겠지.

이슬람 속담에 "우리에 대해서 알고 싶으면 우리의 건축물을 봐라."라는 말이 있단다. 이슬람 문화권에서 파란색은 하늘 또는 신의 신성함과 권능을 의미한다고 해. 술탄 아흐메트 광장 앞쪽에 있는, 세계에서 가장 아름다운 모스크라는 평가를 받고 있는 블루모스크는 파란빛으로 유명하단다. 모스크 내부에 2만 개가 넘는 파란색의 이즈닉 타일과 260개의 푸른빛 유리창으로 장식되어 있어서 '블루모스크'라고 부른단다. 이번 여행에서는 블루모스크가 부분적으로 수리 중이어서 이 아름다운 내부 전경을 다 볼 수는 없었어. 신성함을 의미하는 파란색과 낙원을 상징하는 초록색이

뿜어내는 신비스러운 빛을 감상할 수 없어서 아쉬웠지. 대신, 눈부시게 파란 하늘이 아쉬움을 달래주기라도 하듯 신성하게 다가왔지. 쪽빛으로 물든 하늘이 광장과 조화롭게 어우러져 이 공간을 장식하는 건축물처럼 느껴졌어. 나는 어느새 내가 좋아하는 이 공간에 길들여져 가고 있었지.

길들인다는 것은 정성을 들여 특별한 관계를 맺는 거란다. 그동안 우리는 서로를 길들이면서 사이가 좋아졌지. 우리를 길들인 많은 시간들이 추억으로 살아났어. 추억이 우리를 성숙하게 했어. 우리가 쌓은 추억들이 서로에게 응원이 되고, 밤하늘의 별처럼 서로를 빛내며 우리의 앞길을 비춰줄 거야. 추억이라는 통로가 나를 살아 있게 하는구나. 나는 이제 내 인생의 터닝 포인트를 찍고, 제2의 황금기를 맞아 새로 태어난 삶을 살 거야. 너와 함께 보낸 추억이 있었기에 가능하단다.

그랜드 바자르. 우리가 쌓은 추억들이 서로에게 응원이 되고,
서로를 빛내며 우리의 앞길을 비춰줄 거야.

여행은 내 자신을 돌아보는 시간을 줘서 좋아. 아픈 상처로 돌아가 내 자신을 보고 오는 것. 그리고 나를 한번 쓰다듬어 주는 것. 그러면 상대방의 잘못보다 내 잘못을 깨닫게 되더라. 괴테가 "인간은 노력하는 한 방황한다."고 했듯이 너는 너대로 나는 나대로 우리가 아직도 방황하고 있는 것은 더 나은 미래를 위해서일 거야.

해 질 무렵 보스포루스 해협에 나가 석양과 화려하게 수놓는 야경을 보는 것은 정말 낭만적이야. 해협을 호위하듯 높게 뻗은 성당의 탑에서 뿜어져 나오는 불빛들이 바닷물에 몸을 씻는 그림은 정말 환상적이지. 가끔 운이 좋으면 검은 바닷물 위를 헤엄쳐 가는 돌고래 쌍을 볼 수도 있어. 그때마다 행운의 신이 곁에 있음을 느끼며 감사의 기도를 한단다. 감동이 내 안에서 꿈틀거리며 나를 다시 꿈꾸게 하고, 나를 다시 채찍하게 하고, 나를 다시 사랑하게 하더라. 이 행운을 너에게 보내마.

이스탄불 보스포루스 해협. 여행은 아픈 상처로 돌아가
나 자신을 보고 오는 것. 그리고 나를 쓰다듬어 주는 것.

시간의
비밀

터키 이스탄불에 있는 아야소피아 성당에서 편지를 쓴다. 아야
소피아 성당은 비잔틴 건축의 정수라고 불릴 만큼 아름다운 건축
물이야. 아름다움의 이면에는 아픈 역사가 현재까지 이어져 오고
있지. 서기 537년에 축성하여 1400여 년 동안 종교적인 파란을 겪
어왔어. 처음엔 동로마제국의 정교회성당으로 건축하였다가, 이후
오스만 제국의 이슬람이 지배하면서 이곳을 모스크로 사용하기
위해 교회의 비잔틴 벽화들을 회반죽으로 덮어버렸다고 해. 그러
다가 터키 공화국이 박물관으로 사용하면서 벽화들을 다시 복원
하기 위해 회반죽을 뜯어내는 작업을 하고 있는 중이란다.

자, 이제 천천히 성당 내부로 들어가 볼까. 아야소피아 내부로 들어갈 때는 반드시 바닥만 보고 걸어가기를. 절대로 머리를 들거나 다른 곳을 보지 말고 오직 발아래 바닥만 보고 걷기를. 천천히 걸으면서 수많은 사람들이 걸었을 맨들맨들한 대리석의 1000여 년의 세월을 느껴보기를. 그 공간에 1000여 년의 시간이 머물고 있음을 느껴보기를. 그리고 아야소피아 내부 한가운데에 있는 중앙 원형 돔 아래에서 멈추기를. 잠시 호흡을 고른 다음 고개를 들어 천장을 올려다보기를. 거기, 천장 정중앙에 황금빛으로 수놓아져 은은하게 빛나고 있는 원형 돔을 영접하기를. 황홀한 감탄에 빠져보는 순간을 가져보기를.

천장의 원형 돔을 올려다보며 감탄해 마지않는 순간 네가 떠올랐어. 네 생각이 나의 감정 어딘가를 뭉클 건드렸지. 꿈속 어딘가에 시간여행을 온 것 같은 느낌이 들었지. 나도 모르게 눈물이 볼을 타고 흘러내렸어. 내 눈물의 의미는, 1400여 년의 시간이 존재하는 이 공간에서 가장 아름답고 감동적인 이 순간에 너와 함께하고 싶었으므로, 아니 함께했음으로. 여유로운 시간이 불러다 준 감동의 순간이었지. 내가 찾던 시간이 이곳에 있는 느낌이 들었어. 이 공간이 나에게 시간을 나누어 주고 있었지. 그 시간이 여유로움과 풍요와 따뜻한 사랑을 느끼게 했어.

아야소피아 성당 원형돔. 네가 만드는 공간엔 어떤 시간들이 머물고
어떤 시간들로 채워질까.

그때, 문득 시간의 마술사 '모모'가 떠올랐지. 미하엘 엔데의 《모모》가 일러준 시간의 비밀이란, 이 세상에는 사람들이 깊이 생각하지 않는 아주 중요한 비밀이 있는데, 그 비밀이 바로 시간이라는 거야. 사람들은 이 시간을 이용할 줄 모르는데, 이 시간을 알아보는 사람이 있으면 아주 위대한 일이 벌어진다고 했지. 나는 이 비밀을 알 것도 같아. 시간을 활용하는 법이라고나 할까. 특별한 건 없어. 그냥 서두르지 않으면 돼. 천천히 가면 여유로운 마음이 모든 일을 긍정적으로 도와준다는 걸 깨달았거든.

사람들은 시간에 쫓겨 살다가 갑자기 시간이 생기면 어떻게 보내야 하는지 막막해하지. 그래서 시간은 누구에게나 공평하게 주어지지만 이용하는 사람에 따라 시간이 있기도 하고 없기도 해. 시간은 잡을 수도 없고, 멈추게 할 수도 없고, 되돌릴 수도 없지만 잘 다스리면 내가 원하는 대로 쓸 수 있다는 거야.

언젠가부터 내게 시간이 많아졌어. 하는 일이 줄어든 것이 아니라. 오히려 일은 더 늘었는데도 시간은 많아졌지. 바쁘다고 핑계 대던 말도 사라졌어. 일은 더 즐거워졌고 시간은 여유로워졌어. 이 시간이 어디서 왔을까. 신기했지. 시간에 쫓겨 나를 돌아볼 틈도 없이 바빠 살 때는 시간도 빠르게 흘러가더라. 왜냐면 시간을 쫓았기 때문이야. 동동거리고 조급해하는 마음으로 시간을 소비하고 있었던 거지. 바삐 서두르다가 오히려 시간을 잃어버렸던 거야. 시간을 볼 수 있는 마음의 여유가 없었던 거지. 하지만 반대로 멈추어도 보고 느리게 살아보니까 시간이 보이더라.

이 공간에서처럼 시간을 알면 여유로워지거든. 아인슈타인이 상대성이론에서 중력이 클수록 시간이 천천히 흐른다는 것을 증명했잖아. 이는 시간은 절대적으로 주어진 것이 아니라 상대적으로 흘러간다는 거야. 우리 인생에도 중력의 시간이 존재한다는 것을 나름 터득했어. 그것은 마음의 여유란다. 마음의 여유는 내게 여유로운 시간을 가져다주거든. 조급하게 서두르는 마음은 우리에게서 시간을 빼앗아 가지.

아야소피아 성당 내부는 교회와 모스크가 공존하는 흔적들이 곳곳에 남아 있어. 몇몇 모자이크 벽화들이 반은 아직도 회반죽으로 덮여 있는 모습이 참으로 가슴을 아프게 했지. 종교적인 문제로 인해 아름다운 보물이 이처럼 처참하게 훼손되어 있는 것이 안타깝기 그지없더라. 군데군데 남아 있는 비잔틴 모자이크와 이슬람을 상징하는 황금빛 중앙 돔의 우아함은 두 종교의 대비에도 불구하고 가슴이 뛸 만큼 아름다웠어. 돔 주변에는 수많은 창을 내어 자연의 빛이 내부로 비쳐들고. 그 빛 또한 아름다운 건축 장식의 하나처럼 느껴졌지. 현존하는 모자이크 가운데 가장 오래된 모자이크로 알려진 〈아기 예수를 안은 성모 마리아〉 모자이크를 올려다보면서 잠시 많은 생각을 했어. 나 자신의 용서와 나 자신의 사랑 앞에서 보이는 모정에 대해서. 모정이 내 엄마로부터 너에게로 건너가는 것을 문득 느끼면서.

회반죽에 덮여 있는 모자이크. 꿈은 꾸는 자에게만 이루어지지.

오랜 세월의 흔적이 아름답고 환상적으로 느껴지는 이런 공간을 나는 무척 좋아한단다. 머물고 싶은 공간, 마음이 머무는 공간.

아기예수를 안은 성모 마리아 모자이크.
모정이 내 엄마로부터 너에게로 건너가는 것을 문득 느끼면서.

천년의 세월과 함께 하는 공간에 있으니 네가 더욱 생각나는구나.
너와 함께 있다면 얼마나 좋을까를 수십 번 곱씹어 봤어. 이 공간
이 너를 끌어들일 만큼 좋은 시간을 내게 주었으니, 얼마나 멋진
곳인지. 아름다운 건축물을 볼 때면 더욱 네가 옆에 없음을 아쉬
워하게 되네. 공간을 디자인 하고 있는 네가 나보다 더 많이 보고

이처럼 아름다운 공간을 느껴봐야 하는데 말이야. 네가 만드는 공간엔 어떤 시간들이 머물고 어떤 시간들로 채워질까. 기대가 돼.

아야소피아 성당 내부에는 특이한 장소가 있어. 소원을 비는 기둥에 구멍이 있는데, 엄지손가락을 구멍에 넣은 다음 떼지 않고 손을 한 바퀴 돌리면 소원도 이루어지고 터키에 다시 올 수 있게 된다나? 모든 여행객들은 이곳에 엄지손가락을 넣고 돌리면서 각자의 소원을 염원한단다. 전에는 기도를 할 때 항상 내 꿈에게 기도했는데 언젠가부터 너의 꿈에게 기도하게 되더라. 꿈은 꾸는 자에게만 이루어지지. 너는 이제 꿈이 있으니까. 네가 꿈꾸고 있는 그런 삶을 살아가길 기도할게.

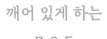

깨어 있게 하는
물음들

오늘은 네가 새해 선물로 준 다이어리에 대해 얘기해 보고 싶구나. 《5년 후의 나에게》라는 다이어리의 제목이 재밌더라. 매일 하루 한 가지 질문에 답하는 것으로, 5년 동안, 해마다 같은 날 같은 질문에 답을 하는 것이더구나. 나의 대답은 매년 같을 수도 있고 다를 수도 있어. 같은 물음에 대한 답이 매년 어떻게 다른지를 비교해볼 수 있지. 5년간의 변화를 한눈에 볼 수 있어서 무척 흥미롭더라. 다이어리가 매일매일 한 가지씩 나에게 질문을 하는 거야. 나에 대해서 생각해 보지 않았던 사소한 것들부터 심오한 것들에 대해 생각하게 해. 내가 어떤 생각을 하고 어떻게 변해가는지를 지커볼 수 있어. 시작은 무척 흥미로워서 설레기까지 했지.

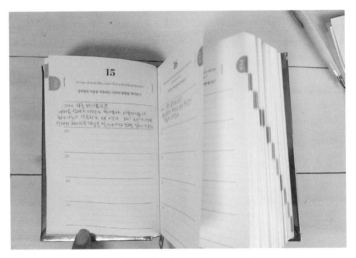

꿈을 가지고 있으면 모로 가든 도로 가든
결국 꿈에 이르는 삶을 살게 되더라.

어느 날이 "나는 궁극적으로 어떤 사람이 되고 싶은가?"라고
묻더라. 이런 심오한 생각을 해본 적이 있었던가 없었던가. 나는 어
떤 사람이 되고 싶을까? 고민해 보았어. 세상 사람들이 따뜻한 미
소를 머금을 수 있는 아름다운 글을 쓰면서 살고 싶긴 해. 언젠가
는. 그냥 차근차근 그 길을 향해가는 삶은 어떨까. 가끔씩 버벅거
려도 그 길로 가는 중이니까 안심하면서. 내 인생이 나에게 서두르
지 말고 천천히 가라는 신호로 어리바리함도 주었으니까. 세월아

네월아 하면서 가도 어차피 내가 정한 길로 가는 중이니 즐겁게 여기면서. 내가 가는 길이 늦을 일도, 급할 일도, 서두를 일도 아니어서 참 다행이야. 꿈을 가지고 있으면 모로 가든 도로 가든 결국 꿈에 이르는 삶을 살게 되더라. 그러니 묵묵히 그 길을 갈밖에.

또 어느 날들이 이렇게 물어오더라. "지금 당장 전화를 걸고 싶은 사람은?", "완벽한 하루를 위해서는 무엇이 필요할까?", "내가 버려야 할 것은 무엇인가?" 등등. 사소한 질문인데도 생각하게 하더라. 내가 누구인가를 알아보게 하더라. 같은 질문에 대한 답은 매년 다를 거고, 나도 달라지겠지. 매년 나는 어떻게 달라질 것인가 기대가 돼.

'지금 당장 전화를 걸고 싶은 사람은?', 누굴까. 갑자기 생각하게 되더라. 갑자기 누군가를 기억하게 하고 갑자기 전화를 하고 싶게 하더라. 내 마음에 가까이 있는 사람이, 내가 지금 당장 전화를 걸고 싶을 만큼 보고 싶은 사람이 매년 같은 사람일까, 다른 사람일까, 아니면 지금 당장 전화를 걸고 싶은 사람이 있기는 할까. 내 인간성을 더듬어 보게 되더라. 만나고 싶은 사람이 누구냐에 따라서 매년 인간관계도 달라지겠지.

질문은 매일매일 새로워. "내가 버려야 할 것은 무엇인가?" 내가 버려야 할 것은 많지만 그게 무엇인지는 구체적으로 생각해 보지 않았거든. 물음에 답을 해야 하니까 생각하게 되더라. 무뚝뚝한 내 말투 때문에 사람들이 오해를 많이 해서, 내가 버려야 할 것에 대한 대답에 "무뚝뚝한 말투."라고 적었지. 내년에는 무뚝뚝한 말투 대신 좀 더 상냥해 있을까. 다음 해에는 내가 버려야 할 것이 무엇이 될까.

이렇듯 누군가 나에게 물어준다는 것이, 그 물음에 답하고 싶은 것이 나를 외롭지 않게 해. 나를 깨어 있게 하고, 내가 지금 어디에 있는지 돌아보게 하더라. 그 물음들은 결국 나는 어떤 사람인가를 찾고 있는 거더라. 질문의 답들은 내가 어떠한 사람이라고 말해주고 있어. 어렴풋이 알고 있지만 명확하게 답해본 적 없는 질문들이 나를 확실하게 만들고 있어. 무심코 흘려보낼 뻔한 순간들이 하나씩 하나씩 쌓이는 느낌이 들어. 무심코 지나치는 생각들을 잠시 붙들고 새겨 보다 보면 소소한 것도 소중하게 느껴지더라.

네가 새해 선물로 준 이 다이어리가 나를 변화시켜 주고 있단다. 감동이라는 건 이렇게 문득 일상의 틈바구니를 비집고 나를 툭 깨워주는 거 아닐까.

나의 다이어리는 벌써 반년을 훌쩍 넘어 후반기의 일상이 펼쳐지고 있단다. 처음에 설레고 즐겁게 시작하면서 작심삼일이 될까 우려했는데, 아직까지는 처음처럼 잘 이어가고 있어. 반 이상 넘겨진 다이어리를 보면서 이게 뭐라고 뿌듯하기도 하고, 자랑스럽기도

하단다. 어느새 이렇게 훌쩍 지나가 버린 날들이 어딘가에 쌓이는 것 같아. 오늘의 질문에 내년엔 어떤 대답이 그려질까 궁금해지네.

이렇게 하루하루는 꿈을 이루기 위해 살아가는 과정이야. 꿈을 살아내고 있는 과정. 꿈은 목적지가 아니라 정거장이야. 한 단계 한 단계의 정거장을 거쳐 가야 하지. 그러한 과정을 즐기는 것이 삶이란 걸 알기에 서두르지 않을 거란다. 매일매일 5분의 시간을 내서 나를 말해보는 것이 일상이 되었단다. 5년 후의 나는 어떤 모습일까.

공들인 시간들이
있었기에

알 수 없는 설렘이 있는 나라, 인도에서 이 글을 쓴다. 이번 여행은 너와 함께여서 정말 기쁘다. 여행은 나를 살아 있게 하지. 세상과 소통하는 법을 알게 하고, 세상으로 나아가라고 용기를 주지. 무엇보다도 너와 공감할 수 있도록 나를 알아가는 시간을 제공해주었어. 여행을 통해서 마음을 비우는 훈련을 했고, 우리가 서로 소통하는 계기가 되었지.

너를 통해서 많은 것을 내려놓게 되었어. 그동안 우리가 겪은 일들은 오늘처럼 이렇게 사랑스럽게 서로를 바라보고 웃을 수 있도

우다이푸르. 서로가 얼마나 소중한지를 가슴 두근거리며 느껴보자.

록 하기 위한 과정이었어. 여기까지 오는 데 만만치 않은 혼돈의 세월을 겪었지. 그런 시간들이 우리를 더 단단하게 해주었어. 우리에게 시련은 더 나은 삶의 길을 가기 위한 디딤돌이었어. 매 순간 우리를 새로운 삶으로 안내하는 운명의 순간순간을 가볍게 여기지 않았던 거지. 그래서 오늘 우리에게 일어난 위대한 순간을 맛볼 수 있었던 거야. 이제 서로 각자 좋아하는 일을 하며 꿈꾸는 삶을 살자. 이 소중한 순간을 맞이하기 위해 그동안 서로에게 바친 시간이 있었잖아. 그 시간들이 눈물겨운 건 마음으로 했기 때문이야.

너와의 추억을 통해서 내 마음이 어디쯤에서 헤매고 있는지 돌아보게 되었어. 이제야 너를 알게 되고, 우리는 각자의 자리를 찾아가고 있어. 나는 이제 너를 떠올릴 때마다 미소 짓게 될 거야. 너와 많은 일들을 보낸 추억들이 우리의 소중함을 일깨워 주었으니까.

인도를 다니다 보면 어느 순간 느림이 평안해지고 더러움에 익숙해지면서 슬그머니 인도에 스며들게 되는 순간이 있지. 너는 어쩌면, 인도는 정말 흥미로운 곳이라면서 다시 오고 싶다고 졸라댈지도 몰라. 무엇보다도 우리가 푸시카르의 시장골목을 다니다가 어느 서점에서 발견한 《어린 왕자》 책이 우리의 여행을 한층 더 업그레이드시켜 주었지. 우린 이제 서로의 어린 왕자가 되었으므로. 어린 왕자는 친구 같은, 엄마 같은 대상을 간절히 찾고 있을 때 내 마음에 나타나 준 인생의 수호자였지. 내가 혼자 있을 때 또는 외롭거나 괴로울 때 그냥 곁에 있어 주기만 해도 위로가 되었어. 어린 왕자의 그 위력이 어디에서 나오는지는 잘 모르겠지만, 어쩌면 항상 함께할 수 있다는 친구라는 믿음 때문 아닐까. 이렇게 네가 나의 어린 왕자가 되어 즐거운 한 때를 함께 보내는 것처럼.

푸쉬카르에서 세밀화 그림.
함께한다는 것은 추억을 쌓는 일.

우리가 힘들게 고생하면서 찾아간 멀고 먼 우다이푸르의 어느 레스토랑 루프탑에서 봤던 그 별 기억나니? 호수에 비친 저녁 불빛이 우리를 에워싸고 하늘에는 별들이 반짝거리며 우리의 이야기에 끼어들었지. 너와 함께 있으면 즐겁고 행복한 기운이 느껴져서 나는 흥분된 목소리를 높이곤 했지.

우리가 서로의 고마움을 전하고 정다운 시간을 보내면서 행복하고 따뜻한 시간들이 멈춰 있는 동안, 별들은 더욱 밝게 성장하고 있었지. 우리가 함께한 이번 여행은 정말 꿈만 같았어. 두고두고 잊을 수 없는 아름답고 행복한 시간들이었어. 아름다운 시간을 함께해 준 너에게 이 시를 지어 보낸다.

우다이푸르 루프탑에서. 우리의 추억들이 우리의 소중함을 일깨워 주었으니까.

'함께'라는 것은, 곁에 있어 주기만 해도 위로가 되는 소중한 선물, 함께한다는 것은 추억을 쌓는 일, 그래서 함께할 수 있다는 것은 축복이지

삶은, 작은 이야기들이 모여 모여서 이어지는 기나긴 이야기란다, 함께하는 공간에, 어떤 시간들이 머물고, 어떤 시간들로 채워질 것인가를 고민하자

머물고 싶은 공간, 함께 있고 싶은 공간, 그런 삶에서, 서로에게 공들이고 애쓰는 시간도 가져보고, 서로가 얼마나 소중한지를 가슴 두근거리며 느껴보자. 서로가 무엇을 할 때 좋아하는지를 살피고, 설레는 마음으로 함께할 날들을 그려보자

마음이라는 것은 아주 깊은 곳에 있어서, 그곳에 닿기까지 그리고 꺼내기까지, 오랜 시간을 바쳐야 하지. 그렇게 기도하는 마음으로 서로에게 마음을 다하자

살면서 수많은 일들을 만나고 부딪치고 헤쳐 나아가다가, 충전이 필요할 때, 함께 밤하늘의 별을 올려다보고, 별이 반짝이는 걸 본다면, 그건 마음이 다시 빛날 준비를 하고 있다는 것이니

공들인 시간들이 있었기에

또 때로 쉼이 필요할 땐, 함께 꽃향기를 맡아보고, 꽃이 웃고 있는 걸 느낀다면, 그건 마음이 다시 행복해질 준비가 되어 있다는 것이니

눈에 보이지 않지만, 우주에는 어떤 힘들이 존재하지. 매 순간 새로운 삶으로 안내하는, 운명의 순간순간을 가볍게 여기지 말고, 그때마다 일어나는 마법 같은 순간을 맛본다면, 함께하는 인생의 공간이, 아름다운 이야기로 채워질 것이리니

너의 이야기를
살아

신비스러울 만큼 영적인 나라, 인도에서의 마지막 날에 이 편지를 쓴다. 7년 후에 온 델리는 여전히 최악의 환경이야. 여전히 거리는 온통 쓰레기더미와 사람들로 넘쳐난다. 인도를 가만히 들여다보면 관광객들에게는 무질서하게 정신을 빼놓고 저들은 나름 질서 정연하게 움직이고 있는 것을 알 수 있어. 안개 속처럼 뭔가 보이지 않지만 그럼에도 뭔가 존재하고 있고, 어딘가로 나아가고 있지. 경악을 금치 못할 정도의 환경에서도 나라에 대한 자부심이 넘쳐 얄미울 정도로 당당하게 살고 있지. 느림과 무질서 속에서 또는 마음을 꿰뚫는 듯한 눈빛 속에서 뭔가 강렬함으로 인식되는

나라. 13억이 넘는 인구를 가진 거대한 나라를 움직이는 불가사의
한 무질서는 뭘까. 어쩌면 이들은 혼돈으로부터 새로운 질서가 잡
힌다는 철학을 이미 터득한 것은 아닐까. 그래서 더욱, '그것이 뭘
까?'라는 의문이 설레게 하는지도 몰라. 그냥 지나칠 수 없는 그
어떤 것이 자꾸만 '왜?'라는 의문으로 꼬리를 물게 하는 그런 나
라. 어쩌면 사람들은 이러한 것들을 즐기러 인도에 오는지도 몰라.
자신을 그런 곳에 한번 던져보는 것, 그래서 뭔가 의미심장한 삶의
의미를 얻고, 아, 세상은 한번 살아볼 만하다고 용기를 가져보려고
말야. 어떤 이는 말한다. "자신을 알기 위해 인도에 가라."고. 그래
서 나도 뭔가에 이끌려 다시 인도에 오고 싶었고, 그런 인도를 너
와 함께 경험하고 싶었단다.

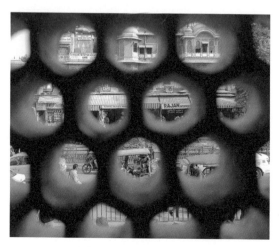

자이푸르 하와마할에서 본 풍경

자이푸르 하와마할에서 본 거리 풍경.
내 것이 되기까지 수많은 일들을 만나고 부딪치고 헤쳐 나아가는 거라고.

너의 이야기를 살아

훗날 우리는 인도라는 말만 들어도 함께 다녔던 날들을 떠올릴 거야. 파란색을 떠올릴 때면, 파란 마을을 보기 위해 전망 좋은 뷰포인트를 찾아서 쇠똥이 나뒹구는 골목골목을 누볐던 조드푸르에 있는 블루시티가 그리워지겠지. 전망대 카페에 올라 파란 마을을 내려다보면서 우리는 서로를 바라보며 파란 하늘처럼 맑게 웃었잖아. 그 웃음이 어찌나 환했던지 감동이었어.

길을 가다 시외버스를 보면, 푸시카르에서 조드푸르로 가기 위해 타고 간 완행버스를 떠올리며 웃음 지을지도 몰라. 에어컨이 없어서 창문을 열 수밖에 없는데, 비포장 길의 모래먼지 바람을 고스란히 맞으며 6시간을 덜컹거리며 갔지. 그래도 그날은 동물이 버스에 타지 않아서 얼마나 다행이었던지. 시간을 잊은 듯 털털거리며 달리던 그 로컬버스가 정겨웠다고 다시 한번 타보고 싶어 할지도 몰라. 네가 경험해 보지 않았던 과거로의 여행 뭐 그런 묘한 순간을 통해서 바꿔보고 싶은 삶을 발견할지도 모르지.

그리고 지도를 볼 때마다, 델리의 어느 시골 마을 택시는커녕 릭샤도 잘 들어오지 않고, 데이터도 켜지지 않는 골목에서 지도 없이 숙소를 찾아 헤맸던, 그 날이 떠오르겠지. 그 날, 우린 달리 두리번거리는 일밖에 할 수가 없었지. 우리가 선택해야 할 길이 너무 많아서 두려웠어. 이쪽일까, 저쪽일까, 이 집일까, 저 집일까, 아니면 이미 지나쳤을까. 인생도 똑바로 한 길만 주어진다면 앞만 보고 갈 수 있어서 헤매지 않을 텐데, 하지만 방황한다는 것은 길을 찾기 위한 노력이기에, 구름 속을 걷듯 조심스레 발길을 옮겨야 했어. 그렇게 알게 된 골목과 마을과 사람들, 내 것이 되기까지 수많은 일들을 만나고 부딪치고 헤쳐 나아가는 거라고, 그리하여 결국 우리가 어떤 지름길을 발견했을 때 우리의 기쁨은 하늘을 날았지.

조드푸르. 방황한다는 것은 길을 찾기 위한 노력이기에.

너의 이야기를 살아

우린 지금 꿈꾸는 삶을 살아내는 중이니까.

여행은 순간순간 깨달음을 주지. 우리가 함께했던 꿈같은 시간
들이 서로의 마음을 이어주었다는 것을. 어린 왕자가 그랬잖아.
"길들여야 내 것이 된다."고. 우린 이곳에 잊지 못할 추억이란 걸
쌓았으니까. 힘들고 어렵고 아름답고 감동적인 걸 함께 해냈잖아.
살면서 가끔씩 오늘을 추억하면서 그리워하겠지. 아, 생각만 해도
기분이 좋아지는 많은 시간들을 기억하며 눈물을 흘릴지도 몰라.
어찌 감동하지 않을 수가 있겠어.

우리는 이제 서로를 이해하고 서로에게 공감하면서 위로를 받고
진정한 사랑을 찾았어. 이렇게 너와 모든 것을 함께 공감하는 시간
이 올 줄이야, 꿈만 같아. 그러기까지 우린 참 잘 싸운 것 같아. 싸

움을 통해서 자신의 참모습을 보려고 노력했고, 서로를 이해하려고 노력했고, 무엇보다도 서로의 아픈 상처를 어루만져 주고 서로에게 다가가려고 노력했어. 그것은 사랑이 없으면 불가능했지. 그런 과정이 없었다면 우린 지금처럼 이렇게 사이가 좋아지지 않았을 거야.

생각해 보면 나는 너에게 잘한 게 별로 없어. 자립심 강한 아이로 키운답시고 따뜻하게 대해주지도 못했고, 잘난 것도 없으면서 내 일 한답시고 소홀했던 일, 등등 마음에 걸리는 게 많아. 미안하다. 하지만 살아오면서 내가 가장 공을 들인 것은 너였어. 그렇다고 내가 뭘 특별히 잘해준 건 없지만, 언제나 내 삶의 중심은 너였다. 너는 나를 살아 있게 하고, 나를 살아가게 하는 소중한 선물이야. 네가 좋아하는 일을 하면서 행복한 모습으로 살기를 늘 기도할게.

이제 우린 서로가 하고 싶은 일을 하고 그걸 살면 돼. 서두를 필요는 없어. 우린 지금 꿈꾸는 삶을 살아내는 중이니까. 너를 위해서 살고 있는지 돌아다 봐. 그리고 너의 이야기를 써나가면 돼. 너의 인생이 아름다운 네 이야기로 채워지기를 기도할게.

마음이라는 것은 아주 깊은 곳에 있어서,
그곳에 닿기까지 오랜 시간을 바쳐야 하지.

나에게로
온

어린 왕자

초판 1쇄 발행 2022. 10. 12.

지은이 강현자
펴낸이 김병호
펴낸곳 주식회사 바른북스

편집진행 김주영
디자인 양헌경

등록 2019년 4월 3일 제2019-000040호
주소 서울시 성동구 연무장5길 9-16, 301호 (성수동2가, 블루스톤타워)
대표전화 070-7857-9719 | **경영지원** 02-3409-9719 | **팩스** 070-7610-9820

•바른북스는 여러분의 다양한 아이디어와 원고 투고를 설레는 마음으로 기다리고 있습니다.

이메일 barunbooks21@naver.com | **원고투고** barunbooks21@naver.com
홈페이지 www.barunbooks.com | **공식 블로그** blog.naver.com/barunbooks7
공식 포스트 post.naver.com/barunbooks7 | **페이스북** facebook.com/barunbooks7

ⓒ 강현자, 2022
ISBN 979-11-6545-887-4 03810